Klarant Verlag

Die gebürtige Ostfriesin ***Sina Jorritsma*** aus der Krummhörn studierte in Hamburg Germanistik und Philosophie, bevor sie wieder in ihre Heimat zurückkehrte. Sie veröffentlicht unter Pseudonym, weil sie ihre Umgebung genau beobachtet und Ereignisse aus ihrem Leben in ihre Geschichten einfließen. Das Romaneschreiben ist ihr kleines Geheimnis, das nur wenige Menschen kennen. Bei einer großen Kanne Ostfriesentee mit Sahne und Kluntjes kann sie halbe Nächte durchschreiben, tagsüber hält sie sich mit Joggen fit. Sina Jorritsma lebt mit ihrer Familie in einem kleinen Ort bei Emden.

Sina Jorritsma

Friesenanker

Ostfrieslandkrimi

Klarant Verlag

Klarant Verlag, www.klarant.de – www.ostfrieslandkrimi.de
ISBN: 978-3-96586-009-4
1. Auflage 2019
Umschlagabbildung: Klarant Verlag

Printed in the EU.

Kapitel 1

Kommissarin Mona Sander saß an ihrem Arbeitsplatz in der Polizeistation Borkum. Sie tippte gerade ein Protokoll in ihren PC, als ihr Telefon klingelte. Sie nahm den Hörer ab und meldete sich mit Namen und Dienstgrad. Ihre junge Kollegin Grietje Smit war am Apparat.

»Kannst du mal eben nach vorn kommen, Mona?«

»Warum?«

»Lass dich überraschen, vielleicht gibt es einen neuen Fall für euch.«

»Alles klar, bis gleich.«

Mona erhob sich von ihrem Bürostuhl. Ihr beleibter Kollege Enno Moll, der ebenfalls mit Schreibarbeiten beschäftigt war, blickte auf.

»Was ist denn los?«

»Grietje gibt sich geheimnisvoll, womöglich winkt uns ein neuer Auftrag.«

»Nach all den überführten Taschendieben hätte ich nichts gegen ein anderes Delikt«, meinte der Oberkommissar und gähnte verhalten. Seit Beginn der Hauptsaison hatten Mona und Enno schon etliche Langfinger aus dem Verkehr gezogen. Doch obwohl diese Routinearbeiten sinnvoll und notwendig waren, sehnten die Ermittler sich nach einer anspruchsvolleren Mission.

Mona verließ das gemeinsame Büro und ging nach vorn ins Wachlokal, wo die uniformierte Polizeimeisterin Grietje Smit ihren Dienst versah.

Vor dem Empfangstresen stand ein schlaksiger junger Mann, den die Kommissarin vom Sehen kannte. Sie war ihm schon mehrfach auf der Straße begegnet, ohne seinen Namen zu kennen. Auf dem hölzernen Tresen lag ein kleiner Anker aus Stahl.

»Das ist Tammo Diek«, sagte Grietje. »Am besten erzählt er dir selbst noch einmal, weshalb er hierher gekommen ist.«

Mona nannte ihren Namen und schaute sich Diek genauer an. Sie schätzte ihn auf Mitte zwanzig. Er trug Jeans und ein verwaschenes T-Shirt. Die tiefe Sonnenbräune seiner Haut zeugte davon, dass er ganzjährig auf der Hochseeinsel mit dem Reizklima lebte. Die meisten Touristen oder Kurgäste blieben nur wenige Wochen auf

Borkum. Da Mona ihn schon öfter bemerkt hatte, schien er hier seinen festen Wohnsitz zu haben.

Diek griff sich den Anker und hielt ihn hoch.

»Ich bin vorhin mit dem Rad vom Fährhafen auf der Reedestraße Richtung Ort gefahren. Da bemerkte ich diesen blutigen Anker und hab ihn gleich mitgenommen.«

Mona trat näher und schaute sich den Gegenstand nun genauer an. Es handelte sich um einen Faltklappanker, wie man ihn in der Sportschifffahrt verwendet. An dem stählernen Gerät war eine rötliche Kruste erkennbar. Ob es sich dabei um Blut handelte, war nach Meinung der Kommissarin keineswegs gesagt.

»Das könnte auch Farbe, gewöhnlicher Dreck oder Rost sein«, gab sie zu bedenken.

Diek schüttelte den Kopf.

»Rost ist das auf keinen Fall, damit kenne ich mich aus. Ich arbeite im Yachthafen, da sieht man solche Anker überall. Und dieser hier ist aus rostfreiem Stahl und außerdem noch ziemlich neu.«

»Herr Diek spielt wohl gern Detektiv, aber ich muss ihm recht geben«, mischte Grietje sich ein. Mona ignorierte die naseweise Bemerkung.

»Wo genau haben Sie den Anker gefunden?«

»Auf der Höhe vom Tüskendördeich.«

»Und eine Leiche haben Sie nicht zufällig übersehen?«, spottete Grietje.

Mona warf ihrer frechen Kollegin einen warnenden Blick zu, doch Diek schien ihr die Frage nicht zu verübeln. Er hatte offenbar ein dickes Fell.

»Nee, da war kein Toter weit und breit.«

Die Kommissarin überlegte. Der Anker war massiv genug, um damit einen Menschen totschlagen zu können. Insofern kam er als Mordwaffe durchaus infrage. Doch solange es kein Opfer gab, konnte die Polizei auch nicht tätig werden.

»Ist Ihnen sonst etwas in der Nähe aufgefallen?«, wollte sie wissen.

»Nee, da war keine Menschenseele zu sehen. Auch kein geparktes Auto oder so etwas. – Gibt es eigentlich eine Belohnung?«

»Dafür, dass Sie Sperrmüll bei der Polizei abliefern?«, warf Grietje ein.

Bevor die junge Polizeimeisterin sich um Kopf und Kragen reden konnte, zog Mona die Reißleine: »Wir danken Ihnen jedenfalls für den Hinweis. Meine Kollegin wird Ihre Fingerabdrücke nehmen, denn Sie haben den Anker ja berührt. Wir brauchen die Prints zum Abgleich, falls es sich wirklich um ein Tatwerkzeug handelt.«

»Schon klar, das kenne ich aus den Fernsehkrimis.«

Während Grietje sich um Dieks Fingerabdrücke kümmerte, tat Mona den Anker vorsichtig in eine Tüte für Beweisstücke und kehrte damit in ihr Büro zurück.

»Was hast du denn da?«, wollte Enno wissen.

»Eine mögliche Mordwaffe. Allerdings gibt es noch kein Opfer«, sagte Mona und teilte mit ihrem Kollegen die wenigen Informationen, die sie bisher hatte. Der Oberkommissar lehnte sich in seinem Bürostuhl zurück und verschränkte die Hände hinter seinem mächtigen Schädel mit der grauen Kurzhaarfrisur.

»Ich finde es gar nicht so abwegig, dass die Leiche an einem anderen Ort liegt. Der Mörder könnte panisch geflohen sein und dabei den Anker verloren haben.«

Mona war skeptisch.

»Man merkt doch, wenn man einen zwei Kilo schweren Anker verliert!«

»Da wäre ich mir nicht so sicher. Es gibt ja auch Touristen, die ihren riesigen Rollkoffer auf der Borkumfähre vergessen. Das hat mir kürzlich noch ein Matrose erzählt.«

Mona zuckte mit den Schultern.

»Na, wie auch immer. Solange wir keinen Toten finden, kann ich nicht an einen Mordfall glauben. Lass uns doch mal die Vermisstenanzeigen checken.«

Schnell stellte sich heraus, dass auf Borkum selbst aktuell keine Person als spurlos verschwunden gemeldet worden war.

»Allein in Emden sind momentan zwei junge Mädchen verschwunden«, murmelte Enno. »Die könnten natürlich auf unsere Insel übergesetzt haben.«

»Falls wir über Ausreißerinnen reden – die fühlen sich eher von Großstädten angezogen, aber theoretisch hast du recht«, sagte Mona. »Ich bin mir ziemlich sicher, dass sich auf dem Anker getrocknetes Blut befindet. Doch bevor wir uns mit der Sache genauer befassen, sollten wir die Ermittlung vom Chef absegnen lassen. Da sehe ich allerdings ziemlich schwarz.«

Kapitel 2

Mit dieser Einschätzung behielt Mona recht.

Wenig später saßen sie und Enno auf den Besucherstühlen des Dienststellenleiters. Der Anker lag auf Hauptkommissar Hinrich Oltbecks Schreibtischplatte. Und während die Kommissarin von dem Fund berichtete, trommelte der Chef mit den Fingerspitzen auf seiner Schreibunterlage herum. Die Ungeduld stand ihm ins Gesicht geschrieben. Schließlich fiel er Mona ins Wort: »Ehrlich gesagt sehe ich nicht, aus welchem Grund wir polizeilich tätig werden sollten. Es gibt ja noch nicht einmal den Anfangsverdacht einer Straftat.«

»Wir könnten den Anker zur kriminaltechnischen Analyse nach Oldenburg schicken.«

Mit diesen Worten kam Enno seiner Kollegin zu Hilfe. Doch Oltbeck blieb stur.

»Gewiss, Herr Moll – das könnten wir tun. Wenn sich dann herausstellt, dass einfach nur Schmutz an dem Metall haftet, haben wir uns prächtig blamiert.«

»Immerhin kann man uns in dem Fall keine Schlamperei vorwerfen.«

Mona hatte leise gesprochen, trotzdem war ihrem Vorgesetzten die Bemerkung nicht entgangen.

»Mäßigen Sie sich, Frau Sander! Auf meiner Dienststelle gibt es keinen Schlendrian, haben wir uns verstanden? Meinetwegen können Sie den Anker aufbewahren. Falls uns eine Straftat zu Ohren kommt, bei der das Ding Verwendung gefunden hat – umso besser. Ich habe allerdings meine Zweifel.«

»Die Vermisstenfälle …«, begann Enno, doch Oltbeck unterbrach ihn.

»Wir wollen nicht hoffen, dass eine verschwundene Person als Leiche auf unserer Insel entdeckt wird, nicht wahr? Dieser Anker ist als Indiz jedenfalls zu dürftig, um weitere polizeiliche Maßnahmen zu rechtfertigen. Vor allem angesichts unserer Personalnot. Ich bitte Sie deshalb, sich weiterhin auf die Bekämpfung des Taschendiebstahls zu konzentrieren.«

Mona schaffte es gerade noch, einen lauten Seufzer zu unterdrücken. Sie war wegen ihrer vorlauten Bemerkung sowieso wieder einmal in Ungnade gefallen, doch damit konnte sie leben. Dennoch durfte sie den Bogen nicht überspannen. Schließlich wollte sie noch sehr lange auf Borkum arbeiten. Leider ging ihr Temperament oft mit ihr durch.

Der Chef wandte sich mit einem gezwungen wirkenden Lächeln an seine Untergebenen.

»Es ist sehr erfreulich, dass wir schon so lange kein Gewaltverbrechen mehr zu beklagen hatten. Hoffen wir, dass es so bleibt. Machen Sie also die Straßen unserer Insel sicherer. Und nehmen Sie diesen blöden Anker mit.«

Mona schluckte eine Erwiderung herunter. In ihrem Büro pfefferte sie den Gegenstand in ihre unterste Schreibtischschublade und schloss diese mit einem Fußtritt.

Enno schmunzelte: »Ich glaube, da benötigt jemand dringend ein Mandelhörnchen.«

»Zwei wären besser«, fauchte die Kommissarin. »Es kann ja sein, dass ich hier wirklich nur heiße Luft aufwirbele. Aber hätte Oltbeck das Ding nicht wenigstens nach Oldenburg schicken können? Er tut ja so, als ob er die KTU-Analyse aus eigener Tasche bezahlen müsste!«

»Sei doch froh, dass der Chef nicht unnötig Steuergelder verschwenden möchte.«

»Ja, das weiß ich zu schätzen. Und die Mandelhörnchen zahlst wahrscheinlich du?«

Mona warf ihrem Kollegen einen fragenden Blick zu. Dann brachen beide in ein befreiendes Lachen aus. Enno legte seinen Arm um ihre Schultern.

»Komm mit, mein Ankerherz. Und reg dich nicht unnötig auf, das ist schlecht für die Gesundheit.«

Ennos Gesellschaft übte stets eine beruhigende Wirkung auf Mona aus. Die Ermittler verließen die Polizeiwache und schlenderten das kurze Stück bis zur Inselbäckerei hinüber, die sich schräg gegenüber dem Bahnhof befand. Der Oberkommissar hielt sein Versprechen und kaufte das Gebäck für Mona, und natürlich auch etwas für sich selbst.

Sie blieben vor dem Gebäude an der Strandstraße stehen und beobachteten die Urlauber, die soeben aus den bunten Waggons der Kleinbahn kletterten und mit ihren Rollkoffern und Reisetaschen zu ihren Quartieren aufbrachen. Nachdem die Kommissarin sich ein Mandelhörnchen einverleibt hatte, fühlte sie sich schon viel besser.

»Wir könnten doch wenigstens mal einen Blick auf die Fundstelle werfen«, schlug sie kauend vor.

Enno zwinkerte ihr zu.

»Oltbeck reißt uns die Köpfe ab, wenn er herausfindet, dass wir uns seinen Anordnungen widersetzen.«

»Wie soll er das denn merken?«

»Er ist nicht dämlich. Die Taschendiebe jagen wir zu Fuß, zwischen der Promenade und der Franz-Habich-Straße. Und unser Dienstwagen steht hinter der Wache geparkt, wie immer. Der Chef kriegt mit, wenn wir das Auto holen. Oder willst du vielleicht zu Fuß bis zum Tüskendördeich latschen?«

Mona lachte und tätschelte Ennos dicken Bauch.

»Keine Sorge, ich habe an alles gedacht. Wir nehmen einfach ein Taxi. Und diesmal zahle ich!«

»Einverstanden«, erwiderte der Oberkommissar und leckte sich die Schokolade von den Fingern. »Du bist ja richtig ausgekocht, Mona. Was für ein Glück, dass du auf der richtigen Seite des Gesetzes stehst.«

»Das dient alles nur der Wahrheitsfindung«, behauptete sie.

Nachdem die Kommissare ihren Snack beendet hatten, gingen sie zu dem Taxistand beim Inselbahnhof. Enno als gebürtiger Borkumer kannte den Fahrer natürlich und verwickelte ihn in einen gemütlichen Klönschnack.

Mona hatte aktuell keine Lust zum Reden. Während der Mercedes-Benz Richtung Fährhafen zu rollen begann, hing sie ihren Gedanken nach.

War sie gerade dabei, sich in eine dumme Idee zu verrennen? Welcher Täter warf die Mordwaffe dort weg, wo sie leicht gefunden werden konnte? Oder hatte er im Affekt gehandelt und die Leiche später fortgeschafft? Aber weshalb blieb dann der Anker neben der Reedestraße liegen? Ob er ihn in der Aufregung vergessen hatte? Womöglich handelte es sich bei den Spuren auf dem Metall wirklich nur um eine harmlose Dreckkruste.

»Hier muss es sein.«

Ennos Stimme riss die Kommissarin aus ihren Überlegungen. Der Taxifahrer brachte seinen Mercedes zum Stehen, die Ermittler stiegen aus. Sie befanden sich jetzt ungefähr auf halbem Weg zwischen dem Ortskern und dem Borkumer Hafen. Mona bedankte sich und bezahlte den Fahrer, der nun wendete und wieder Richtung

Ort fuhr. Die Kommissarin blickte über das flache grüne Land. Es herrschte klare Sicht, und es wehte ein kräftiger Ostwind. Der Fahrradweg verlief parallel zur Autostraße. Mona ging ein paar Schritte in Richtung Fähranleger und drehte sich dann um. Von hier aus musste der Zeuge gekommen sein. Sie ließ ihren Blick über das Gras neben dem Weg schweifen.

Enno reckte sich und gähnte herzhaft.

»Meinst du wirklich, dass der Anker hier gelegen hat?«, fragte er.

»Das denke ich schon. – Schau mal.«

Die Kommissarin hatte sich hingekniet. Ihr Kollege kam zu ihr, stützte seine Hände auf die Knie und beugte sich vor.

»Ja, hier ist das Gras eingedrückt«, stellte er fest. »Die Größe des Fleckens passt in etwa zu dem Anker.«

Mona nickte.

»Ich bin keine Kriminaltechnikerin, aber schätzungsweise hat der Gegenstand mindestens die halbe Nacht lang auf diesem Fleck gelegen.«

»Weil sich das Gras noch nicht wieder aufgerichtet hat?«

»Richtig, Enno. Die Preisfrage lautet allerdings, ob sich hier in der Nähe noch etwas Größeres auf dem Boden befunden hat. Beispielsweise ein lebloser Körper.«

Mit diesen Worten richtete Mona sich auf und ging langsam auf dem schmalen Pfad hoch bis zur Krone des Tüskendördeichs. Der Wind fuhr in ihr widerspenstiges rotblondes Haar. Sie suchte die Umgebung links und rechts ab, konnte aber keine weiteren Spuren entdecken.

»Falls an dem Anker wirklich Blut war, hat es nicht auf das Gras abgefärbt«, sagte Enno. »Also muss es schon fest angetrocknet gewesen sein, als das Ding fortgeworfen wurde.«

Mona nickte langsam.

»Wenn du mich fragst, dann ist das hier kein Tatort. Der Anker wurde irgendwo anders als Waffe verwendet. Wahrscheinlich auf einer Yacht, denn dort hat man einen solchen Faltklappanker einfach zur Hand.«

»Einverstanden, das ist plausibel. Doch warum lässt man die Mordwaffe nicht einfach in der Nordsee verschwinden? Man muss den Anker nur von der Kette lösen und ins Meer werfen. Dann wird er nie wieder gefunden.«

Die Kommissarin massierte sich nachdenklich den Nacken.

»Dafür fällt mir nur ein plausibler Grund ein, Enno: Jemand wollte unbedingt, dass der Anker gefunden wird.«

Kapitel 3

Mona musste zugeben, dass die Spurenlage mehr als dürftig war. Nach wie vor hatten sie und Enno keinen Hinweis auf ein kriminelles Geschehen. Für den Rückweg in den Ort nahmen die Ermittler den Bus von der nahe gelegenen Haltestelle Neuer Deich aus. Der Oberkommissar lehnte sich auf der Sitzbank zurück und schaute Mona von der Seite aus an.

»Lass dir keine grauen Haare wachsen. Vielleicht hat wirklich nur jemand einen dreckigen Anker weggeworfen. Umweltsünder gibt es sogar auf Borkum.«

»Ja, möglicherweise«, murmelte Mona. Doch vollends überzeugt war sie nicht. Der Faltklappanker machte einen neuen Eindruck, schien kaum benutzt worden zu sein. Weshalb hätte ihn jemand entsorgen sollen?

Die Kommissarin sah ein, dass sie und ihr Kollege nicht nach Belieben ihre Zeit verplempern durften. Also stiegen sie am Inselbahnhof aus dem Bus und widmeten sich ihrer eigentlichen Aufgabe. Es gelang ihnen im Lauf des Tages, insgesamt drei Taschendiebe dingfest zu machen. In einem Fall bekamen sie es mit einem Duo zu tun, das sich als Liebespaar getarnt hatte. Mona hatte das zweifelhafte Vergnügen, das Mädchen einer Leibesvisitation zu unterziehen. Doch die Prozedur lohnte sich.

»Kannst du mir erklären, wieso du zwei Smartphones in deinem BH versteckst?«, fragte sie die mutmaßliche Täterin.

Das Früchtchen zuckte mit den Schultern.

»Ich bin gern immer erreichbar.«

»Dann kannst du mir ja bestimmt die Passwörter nennen, oder?«

»Mein Gedächtnis ist nicht das beste.«

Inzwischen hatten allerdings schon die wahren Besitzer der Telefone den Verlust ihrer Geräte auf der Polizeistation gemeldet, sodass sie ihr Eigentum zurückbekommen konnten. Mona tippte die Strafanzeigen und setzte später gemeinsam mit Enno die ertappten Täter in die Fähre nach Emden. Von dort waren sie am Morgen gekommen. Wie so viele andere Kleinkriminelle hatten sie versucht, als Tagestouristen getarnt auf der Insel Beute zu machen.

Diesmal waren die Kommissare im Dienstwagen unterwegs. Auf dem Rückweg zur Wache kamen sie natürlich wieder am Tüskendördeich vorbei.

»Einen Faltklappanker braucht man in der Sportschifffahrt«, murmelte Mona vor sich hin.

»Ja, sicher. Worauf willst du hinaus?«

»Auf nichts Bestimmtes, Enno. Das war nur so ein Gedanke.«

Doch in Wirklichkeit reifte in Mona ein Plan. Sie verriet allerdings ihrem Kollegen noch nichts davon. Er mochte es nicht, wenn sie Alleingänge startete. Und die Kommissarin musste sich selbst gegenüber zugeben, dass ihre Soloaktionen schon öfter schiefgegangen waren. Vor nicht allzu langer Zeit war sie bei einer solchen Gelegenheit mit einer Pistole bedroht und gefesselt worden.

Aber diesmal will ich mich ja nur umhören, sagte Mona zu sich selbst.

Nachdem der Papierkram erledigt war, wünschte sie Enno einen schönen Feierabend und fuhr zu ihrer Wohnung in der Walfangerstrate. Dort vertauschte sie ihre Jeans und das T-Shirt gegen ein Sommerkleid, über das sie eine leichte weiße Strickjacke zog. Mona betrachtete sich kritisch in ihrem großen Spiegel. Sie hoffte, nicht wie eine Zivilfahnderin der Polizei auszusehen. Doch sie fand es schwierig, sich selbst objektiv zu beurteilen.

Also ging sie zu ihrer Vermieterin hinunter. Frau Klasing gehörte das Haus, und sie vermietete mehrere Ferienwohnungen darin. Mona war ihre einzige ganzjährige Mieterin.

»Moin, Frau Klasing. Wie sehe ich aus?«

Die Kommissarin stellte diese Frage, während sie sich einmal um die eigene Achse drehte. Die ältere Frau schmunzelte.

»Richtig schick, Mona. Bist du auf Männerfang?«

Sie überhörte die Bemerkung.

»Also wirke ich nicht wie eine Polizistin?«, hakte sie nach.

Frau Klasing schüttelte heftig den Kopf.

»Das wollte ich nur wissen«, erklärte Mona. »Ich wünsche noch einen schönen Abend.«

Sie schnappte sich ihre Handtasche und schwang sich wieder auf ihr Fahrrad. Mit Rückenwind benötigte man nur sechzehn Minuten, um von der Walfangerstrate zum Yachthafen zu radeln. Die Strecke führte größtenteils über die Reedestraße. Die Sonne stand bereits tief, allerdings würde es jetzt noch mindestens zwei oder drei Stunden hell bleiben. Monas Blick war in die Ferne gerichtet, während sie eine Gruppe von linkisch fahrenden Sonntagsradlern überholte. Vor ihr breitete sich die graublaue Fläche der Nordsee aus. Am Horizont erblickte sie einen großen plumpen Autotransporter. Diese Art von Hochseeschiffen war wirklich keine Schönheit, doch ihren Zweck erfüllte sie allemal. Der riesige Frachter kam von Emden und nahm Kurs auf den Atlantik.

Mona beschloss, ihre Recherchen in der *Nordsee Kombüse* zu beginnen. Das war eine urige Kneipe, die sich nur einen Steinwurf weit vom Yachthafen entfernt befand. Dort gab es nicht nur Bier und Grog, sondern auch kleine Snacks. Das traf sich gut, weil Mona noch kein Abendbrot gehabt hatte.

Als sie den Schankraum betrat, ging es dort bereits hoch her. Die Kommissarin schaute sich um. In der mit maritimen Gegenständen wie Rettungsringen oder Buddelschiffen dekorierten Gaststätte waren die meisten Tische noch unbesetzt. Doch eine kleine Gruppe hatte offenbar schon ziemlich tief ins Glas geschaut. Das Trio bestand aus zwei Frauen und einem Mann. Die Familienähnlichkeit ließ darauf schließen, dass es sich um Mutter und Sohn handelte. Ob die jüngere Frau mit dem jungen Mann liiert war? Mona wusste es nicht. Fest stand, dass sie alle ziemlich laut und lustig waren

Die Kommissarin ließ sich davon nicht irritieren und setzte sich an die Theke, wo der Wirt sie mit einem Kopfnicken und einem freundlichen Lächeln begrüßte.

»Moin, Mona. Du bist schon lange nicht mehr hier gewesen. Hat sich jemand wegen des Lärms beschwert?«

Jan Lummer, so hieß der Besitzer der Nordsee Kombüse, deutete auf die muntere Runde am anderen Ende des Lokals. Die Kommissarin machte eine verneinende Bewegung.

»Nee, ich bin heute rein privat hier«, schwindelte sie. »Jan, ich könnte jetzt ein Bier vertragen. Und was empfiehlt die Küche?«

»Piet!«, rief Lummer in Richtung der metallenen Schwingtür hinter ihm. »Womit können wir eine Frau verwöhnen?«

»Labskaus«, lautete die Antwort des Kochs mit der dunklen Bassstimme.

Mona musste grinsen.

»Dann also eine Portion Labskaus für mich.«

»Geht klar. – Zum Wohl.«

Mit diesen Worten stellte der Wirt ein frisch gezapftes Pils vor seinen weiblichen Gast auf die Theke. Die Kommissarin kannte Lummer durch eine Ermittlung vor wenigen Monaten, bei der er unter falschen Verdacht geraten war. Letztlich stellte sich seine

Unschuld heraus. Seit dieser Zeit hatte Mona das urwüchsige Lokal am Yachthafen schätzen gelernt. Hier herrschte noch das Flair einer alten Seefahrerkneipe, obwohl die meisten Gäste Wochenend- und Feriensegler sowie andere Touristen waren.

»Wo ist denn dein dicker Kumpel?«, wollte Lummer wissen, während er die Arme vor dem mächtigen Brustkorb verschränkte und den Kopf schief legte.

»Enno ist nicht mein Kumpel, sondern mein Kollege«, stellte sie klar. »Und was seine Figur anbelangt: Wer im Glashaus sitzt, soll nicht mit Steinen werfen.«

»Schon kapiert.« Lummer zog seine Bierwampe unter dem WACKEN-T-Shirt ein wenig ein. »Was führt dich heute hierher, Mona?«

»Ich wollte einfach mal eine längere Radtour machen, bin schon lange nicht mehr am Hafen gewesen«, behauptete sie. »Deine Gäste sind ja prima in Stimmung.«

»Das kann man wohl sagen. Ich weiß nicht, ob die etwas zu feiern haben. Mir soll es recht sein.«

In diesem Moment winkte die ältere der beiden Frauen Lummer zu, und er ging zu dem Tisch, um die Bestellung aufzunehmen. Eine Servicekraft konnte Mona nirgendwo entdecken. Es war manchmal nicht einfach, auf Borkum Personal zu finden. Besonders in der Hauptsaison nicht.

Plötzlich wurde der Kommissarin bewusst, wie unsinnig ihr Vorhaben war. Sollte sie vielleicht herumfragen, ob eine Person mit einem blutigen Anker in der Hand gesehen worden war? Wer einen solchen Verdächtigen bemerkte, würde es gewiss der Polizei melden. Und wenn jemand andererseits seine Beobachtung verschwieg, hielt er gewiss auch Mona gegenüber dicht.

»Ist dir in letzter Zeit hier im Yachthafen etwas Ungewöhnliches aufgefallen?«, fragte sie betont beiläufig, als Lummer zu ihr zurückkehrte und die Bestellung zu bearbeiten begann.

»Also bist du doch dienstlich hier!«, stellte er triumphierend fest. Sie konnte sich gerade noch selbst stoppen, bevor sie genervt mit den Augen gerollt hätte.

»Unsinn, ich will doch bloß ein wenig plaudern.«

Der Wirt zuckte mit den Schultern.

»Wie du meinst, Mona. Jedenfalls muss ich dich enttäuschen. Hier läuft alles wie am Schnürchen. Niemand hat sich danebenbenommen, es gibt keine verdächtigen Gäste. Die da drüben sehen doch auch ganz normal aus, trotz ihrer Lautstärke bleiben sie friedlich.«

Die Kriminalistin konnte innerlich nur zustimmen. Die teure Freizeitkleidung des Trios ließ darauf schließen, dass keiner von ihnen am Hungertuch nagen musste. Und es gab gewiss einen Anlass für ihre unbeschwerte Feierlaune. Womöglich hatte einer von ihnen Geburtstag. Oder sie stießen auf einen erfolgreich absolvierten Segeltörn an. Mona hielt sie für die Eigner einer der zahlreichen Yachten im Borkumer Hafen.

Der Koch erschien auf der Bildfläche und brachte höchstpersönlich das Labskaus, komplett mit Rollmops und Spiegeleiern. Mona wusste, dass viele Bewohner des Binnenlandes dieses traditionelle Seefahrergericht mit gepökeltem Rindfleisch und gestampften Kartoffeln gewöhnungsbedürftig fanden, vor allem das Aussehen. Aber sie ließ sich dadurch den Appetit nicht verderben.

Während die Kommissarin aß und noch ein zweites Bier trank, füllte die Gaststube sich immer mehr. Bald war jeder Tisch besetzt, und Lummer kam mit dem Bedienen und Zapfen kaum noch nach. Der Wirt schien Mona ohnehin nichts verheimlicht zu haben. Das sagte ihr ihre Menschenkenntnis.

Die Kommissarin bezahlte und wünschte Lummer noch einen schönen Abend. Da in diesem Moment eine größere Touristengruppe in die Nordsee Kombüse strömte, verließ Mona das Lokal durch den Seiteneingang.

Dort hockte eine junge Frau auf der Treppe und weinte bitterlich.

Kapitel 4

Mona schaute sich instinktiv um. Befand sich ein Täter in der Nähe, der die Blonde womöglich verletzt hatte? Doch erstens konnte die Kommissarin zunächst keine Verletzungen feststellen. Und zweitens war keine andere Person in der Nähe. Ein Stück weit vom Nebeneingang der Nordsee Kombüse entfernt waren die Liegeplätze der Yachten. Man konnte das leise Glucksen des Wassers im Hafenbecken hören, denn es war eine stille Nacht. Obwohl Borkum keine autofreie Insel war, hielt sich der Straßenverkehr in Grenzen.

»Darf ich mich zu dir setzen?«

Die Frau war immerhin ansprechbar, denn sie hob nach Monas Frage ihren Kopf und blickte die Kriminalistin aus geröteten Augen an. Die Weinende war schätzungsweise Mitte zwanzig, hübsch und schlank. Sie trug weiße Shorts, Tennisschuhe und ein blaues Oberteil mit eingesticktem goldenem Anker. Die regelmäßig gebräunte Haut zeugte davon, dass sie sich oft im Freien aufhielt.

»Meinetwegen«, gab sie zurück. Dann wandte sie sich wieder ab und stützte ihren Kopf auf die Hände.

Die Kommissarin nahm auf der Backsteintreppe Platz, fischte ein Papiertaschentuch aus ihrer Handtasche und reichte es der Fremden.

»Ich heiße Mona, und wer bist du?«

Normalerweise siezte die Ermittlerin alle Leute, mit denen sie zu tun hatte, abgesehen von ihren Kollegen und einigen Borkumern, die Mona inzwischen besser kannte. Doch jetzt war sie ja nicht im Dienst. Sie hoffte, durch das Duzen leichter eine Verbindung zu der Unglücklichen aufbauen zu können. Außerdem war sie mit Anfang dreißig nur unwesentlich älter als diese Frau.

»Nina.«

»Kann ich dir irgendwie helfen, Nina?«

»Warum willst du das tun?«

Die Kommissarin zuckte mit den Schultern.

»Wenn ich selbst irgendwo herumsitze und heule, würde ich mir auch Unterstützung wünschen.«

Nina atmete tief durch, bevor sie etwas entgegnete. Sie klang immer noch traurig. Doch durch das beginnende Gespräch schien sie etwas von ihrer düsteren Stimmung abgelenkt zu werden.

»Es gibt Probleme, die nicht zu lösen sind.«

»Das glaube ich nicht. Vielleicht kannst du den Ausweg nur einfach nicht erkennen.«

Nina schnäuzte sich.

»Bist du Sozialarbeiterin, Mona?«

»So etwas in der Art.«

»Dachte ich mir. Den meisten Leuten ist es egal, wenn es jemandem dreckig geht.«

Unwillkürlich musste Mona an die fröhliche Runde denken, die nur wenige Meter von ihnen entfernt ausgelassen feierte. Doch woher hätte das Trio ahnen sollen, dass sich hier draußen jemand die Augen aus dem Kopf heulte?

»Vielleicht hat einfach niemand gemerkt, dass du traurig bist. Willst du mir nicht erzählen, was passiert ist?«

Nina antwortete nicht sofort. Mona glaubte schon, dass sie sich in ihr seelisches Schneckenhaus zurückziehen wollte. Aber dann öffnete sie doch die Lippen.

»Es gibt einen Mann, der mir sehr viel bedeutet. Und nun ist er fort.«

Die Kommissarin verzog den Mund.

»Wahrscheinlich wird es dich nicht trösten, aber so etwas ist mir auch schon passiert.«

»Das tröstet mich wirklich nicht, Mona. Ich fürchte nämlich, dass er für immer verschwunden ist.«

»Wie meinst du das? Ist er … verstorben?«

Nina drehte ihren Kopf wieder in Monas Richtung, nachdem diese Frage im Raum stand. Und nun glaubte die Kommissarin, vom Gesicht ihres Gegenübers ein anderes Gefühl ablesen zu können. Es war nicht mehr Trauer, sondern Furcht. Womöglich sogar Todesangst.

Die junge Frau schüttelte heftig den Kopf.

»Das habe ich nicht behauptet! Was willst du überhaupt von mir?«

Mona legte beruhigend ihre Hand auf Ninas Unterarm. Ihre Haut fühlte sich kalt an, obwohl es eine warme Sommernacht war und momentan nur eine milde Brise wehte.

»Ich will gar nichts. Doch es war nicht zu überhören, dass du weinst, und da dachte ich …«

Nina sprang auf.

»Es geht mir gut, ich komme schon klar. Du musst deine Nase nicht mehr in meine Angelegenheiten stecken, Mona!«

»Das hatte ich nicht vor. Wo wohnst du? Soll ich dich nach Hause begleiten?«

»Warum suchst du dir keine streunende Katze, um die du dich kümmern kannst?«, höhnte Nina. »Ich lebe auf einem der Boote, wenn du es unbedingt wissen musst. Danke für das Taschentuch, aber nun lass mich gefälligst in Ruhe!«

Mit diesen Worten eilte die junge Frau Richtung Yachthafen davon. Mona schaute ihr kopfschüttelnd nach.

Der plötzliche Stimmungsumschwung war ihr nicht entgangen. Es war offensichtlich, dass Nina sich vor etwas oder jemandem fürchtete. Oder bildete die Kommissarin sich das nur ein?

Sie erhob sich ebenfalls und umrundete das langgestreckte Barackengebäude der Nordsee Kombüse, um ihr Fahrrad zu holen.

Als Mona sich noch einmal nach Nina umdrehte, war sie bereits verschwunden.

Kapitel 5

»Bei den Süddünen ist ein Toter angespült worden.«

Mit diesen Worten wurde Mona am nächsten Morgen von ihrem Kollegen empfangen, als sie gerade das gemeinsame Büro in der Polizeistation betreten hatte. Am Vorabend war die Kommissarin nach ihrem Gespräch mit Nina noch ein wenig ziellos zwischen Fährhafen und Yachthafen herumgeradelt und hatte sich über sich selbst geärgert, weil ihre Privatrecherche ihr als eine reine Zeitverschwendung erschien. Innerlich hatte sie sich inzwischen damit abgefunden, dass der Klappanker keinerlei kriminalistische Bedeutung hatte.

»Dann muss ich mich ja gar nicht erst hinsetzen, Enno. Gibt es schon genauere Informationen?«

Der stämmige Ostfriese schüttelte den Kopf und griff nach der verblichenen Jeansjacke, die er im Sommer anstelle seiner geliebten Lederjacke trug.

»Nee, ein Jogger hat den Leichnam am Strand gefunden. Er ist noch vor Ort. Grietje und Hinderk sind schon da und sperren ab.«

Mona nickte. Die Ermittler meldeten sich ab und stiegen in ihren Dienstwagen. In der Hauptsaison kamen sie nur langsam voran, weil die Straßen mit zahlreichen Touristen auf Leihrädern bevölkert waren. Viele von ihnen waren mit den ungewohnten Fortbewegungsmitteln noch nicht vertraut und fuhren Schlangenlinien, wodurch ein Überholmanöver riskant war.

Mona verdrehte genervt die Augen.

»Kannst du nicht die Sirene einschalten? Dann kommen wir zur Abwechslung mal etwas schneller voran!«

»Wozu? Der Tote läuft uns schon nicht weg. Hast du schlechte Laune?«

»Merkt man das? Oltbeck wird sauer sein, weil sich auf seiner geliebten Insel schon wieder ein Gewaltverbrechen ereignet hat. Und dann kriegen wir eins auf den Deckel, wenn wir den Fall nicht im Handumdrehen lösen.«

»Vielleicht hat es ja gar kein Tötungsdelikt, sondern nur einen Unfall gegeben«, mutmaßte Enno. »Oder einen Selbstmord.«

Mona ärgerte sich, weil sie diese Möglichkeiten gar nicht bedacht hatte. Innerlich war sie bereits von einem Mord oder einem Totschlag ausgegangen. Voreiligkeit gehörte leider zu ihren stärksten Charaktereigenschaften. Der Oberkommissar parkte den Opel Vectra am Greune-Stee-Weg. Die Kommissare stapften über einen der Wege zwischen den Süddünen hindurch zum Strand hinunter. Sie erblickten die blauen Uniformen ihrer beiden Kollegen schon von Weitem. Die Leiche war mit einer grauen Plane bedeckt worden. Grietje und Hinderk verscheuchten Schaulustige.

Der Körper lag auf Höhe der Wasserlinie und wurde immer noch von der Brandung umspült. Die Flut musste ihn während der Nacht aufs Land getrieben haben. Nun zog sich das Wasser allmählich wieder zurück.

Die sommersprossige Polizeimeisterin wandte sich Mona und Enno zu.

»Da seid ihr ja! Die gute Nachricht lautet, dass der Tote noch nicht lange in der See gelegen haben kann.«

Diese Neuigkeit hörte die Kommissarin wirklich gern. Der Anblick von Wasserleichen, die Wochen oder Monate den Elementen und der Tierwelt ausgesetzt gewesen waren, erforderte starke Nerven. Und obwohl Mona sich selbst für recht abgebrüht hielt, musste sie sich damit nicht belasten.

Auf Alpträume konnte sie getrost verzichten.

Sie kniete sich neben den Leichnam und hob die Plane ein wenig an.

Die Kriminalistin schätzte den Mann auf ungefähr sechzig Jahre. Sein Haar war grau, er hatte einen Kinnbart von derselben Farbe. Der Körper war stämmig, beinahe korpulent. Bekleidet war der Leichnam mit einem blauen Rollkragenpullover aus Baumwolle und einer grauen Kordhose. Die Füße steckten in Segeltuchschuhen ohne Socken.

»Ob der Mann ertrunken ist?«, dachte Enno laut nach. Er stand neben seiner Kollegin und beugte sich vor, wobei er die Hände auf die Kniescheiben stützte. Sein gewaltiger Bauch wölbte sich nach vorn.

Mona hatte bereits Latexhandschuhe übergestreift. Sie schüttelte den Kopf und drehte vorsichtig den Schädel des Unbekannten. Früher hatte sie sich davor geekelt, einen Toten zu berühren. Aber die Zeiten waren vorbei.

»Das glaube ich nicht, Enno. Schau dir die Wunde am Hinterkopf an. Sieht übel aus, oder? Er hat einen kräftigen Schlag mit einem Gegenstand abbekommen.«

»Womöglich haben wir es mit einem Segelunfall zu tun«, mutmaßte Enno. »Der Mann knallt bei heftigem Seegang gegen den Mastbaum oder die Reling und geht über Bord. Falls er allein war, kann ihn niemand retten. Er ist vielleicht nicht sofort tot und schwimmt, bis seine Kräfte versagen. Schließlich geht er unter wie ein Stein.«

Mona schüttelte erneut den Kopf.

»Ich will den Kriminaltechnikern nicht vorgreifen, aber die Wundränder passen nicht zu einer Reling oder einem Mastbaum.«

»Eher zu einem Faltklappanker, der als Schlaginstrument missbraucht wurde«, erwiderte der Oberkommissar und klopfte ihr anerkennend auf die Schulter. »Du hast mal wieder den richtigen Riecher gehabt.«

Mona errötete, sie konnte mit Lob schlechter umgehen als mit Kritik.

»Es war pures Glück, dass der Anker gefunden und zur Dienststelle gebracht wurde«, behauptete sie. »Das Ding ist nämlich neuwertig. Wenn ein geiziger Segler ihn gefunden hätte, wäre er vermutlich an Bord irgendeiner Yacht gelandet. Immerhin können wir nun untersuchen lassen, ob es sich wirklich um die Mordwaffe handelt.«

»Ich spreche mit dem Melder, du kannst ja schon mal schauen, ob sich die Identität des Toten klären lässt.«

Mit diesen Worten wandte Enno sich ab und ging zu dem Jogger hinüber, der in sicherer Entfernung von dem Leichnam wartete. Mona durchsuchte die Hosentaschen der Leiche, was bei der nassen Kleidung gar nicht so einfach war. Außer einem Stofftaschentuch konnte sie nichts zutage fördern. Entweder hatte der Mann keine weiteren Gegenstände bei sich gehabt oder sie waren ihm im Meer abhandengekommen.

Mona ging inzwischen davon aus, dass der Tote von einem Schiff in die Nordsee gestürzt war. Privatyacht, Frachter oder Fähre? Letztere schloss die Kommissarin aus. Theoretisch konnte man vom Aussichtsdeck der Borkumfähren aus ins Wasser fallen. Doch ein solches Unglück würde garantiert nicht unbemerkt bleiben. Abgesehen davon, dass die Schiffe und Katamarane zwischen der Insel und Emden beziehungsweise Eemshaven nur tagsüber verkehrten.

Mona schaute sich die Hände des Toten genauer an. Sie sahen nicht nach schwerer körperlicher Arbeit aus. Also hatte sie es wahrscheinlich eher mit einem Freizeitsegler als mit einem Matrosen zu tun. Außerdem stammten sehr viele Seeleute auf den Hochseeschiffen heutzutage aus Asien, beispielsweise Bangladesch oder den Philippinen. Der Leichnam hingegen war eindeutig ein Europäer.

Immerhin entdeckte die Kommissarin an seiner Hand einen Ehering. Das Schmuckstück schien nicht gerade billig gewesen zu sein. Es war nicht ganz einfach, doch Mona schaffte es, den Ring abzuziehen. Auf der Innenseite befand sich eine Gravur: Monika, 1. Juni 1990.

Das war immerhin schon eine erste Information. Nun kam der Oberkommissar zu seiner Kollegin zurück.

»Der Jogger heißt Michael Koch, er stammt aus Darmstadt und macht zurzeit Urlaub auf Borkum. Er kam gegen sechs Uhr dreißig aus Richtung Hauptbadestrand, als er einen dunklen Gegenstand im Wasser bemerkte. Zunächst glaubte er, eine tote Robbe vor sich zu haben. Doch als er dann näher kam, sah er, dass es sich um einen Menschen handelte. Daraufhin hat Herr Koch mit seinem Smartphone sofort die 110 angerufen.«

»Das ist sehr löblich. Waren andere Personen bei der Leiche, bevor er sie gesehen hat?«

»Herr Koch meint, dass er keine Fußspuren bemerkt hätte.«

Mona nickte. Inzwischen waren sie und ihre Kollegen direkt neben dem Toten gewesen. Sie ging nicht davon aus, dass die Leichenfundstelle der Tatort war. Und falls doch, dann hatte die Brandung schon zuvor alle verwertbaren Hinweise auf den Täter zerstört.

Die Kommissarin wandte sich an Hinderk Ekhoff.

»Bitte sorgt dafür, dass niemand die Leiche zu sehen bekommt. Ich werde veranlassen, dass der Körper zur Obduktion ins gerichtsmedizinische Institut Oldenburg geschafft wird.«

Der junge Polizeimeister nickte.

***

Die Ermittler fuhren zur Dienststelle zurück.

»Wir sollten zunächst die Vermisstenmeldungen überprüfen«, schlug Enno vor.

»Das haben wir erst gestern getan. Und wenn ich mich recht erinnere, traf keine der Beschreibungen auf unseren Toten zu. Er hat auch keine Ähnlichkeit mit einem der Fotos, die uns vorliegen.«

»Ja, ich erinnere mich, Mona. Doch inzwischen könnten schon wieder neue Meldungen eingetroffen sein.«

»Das ist auch wieder wahr. Hast du seine Kleidung gesehen? Ich könnte mir vorstellen, dass er an Bord einer Segel- oder Motoryacht war und niedergeschlagen wurde. Dann hat man ihn einfach in die Nordsee geworfen und sterben lassen. Oder er war schon tot, als er im Wasser gelandet ist.«

»Darüber wird die Obduktion Auskunft geben. Du hast recht, er könnte ein Segler oder ein anderer normaler Urlauber sein. Für einen Matrosen halte ich ihn jedenfalls nicht.«

»Angenommen, wir haben recht. Dann wird sein Mörder vermutlich in aller Ruhe in den Borkumer Hafen zurückgekehrt sein. Und er wird gewiss keine Vermisstenanzeige erstatten, weil es auf hoher See keine Zeugen für das Verbrechen gab.«

»Ich weiß nicht«, gab Enno zurück. »Irgendjemand wird den Mann doch vermissen.«

»Er ist verheiratet, ich habe seinen Ehering überprüft. Es könnte allerdings sein, dass er längst geschieden oder verwitwet ist. Wir sollten nicht auf eine Vermisstenanzeige durch die Ehefrau bauen.«

»Das sind ja schöne Aussichten«, meinte der Oberkommissar.

Der Chef schien derselben Meinung zu sein. Wenig später saßen die Ermittler in Oltbecks Büro und erstatteten ihm Bericht. Der Dienststellenleiter kniff die Augen zusammen.

»Also schließen Sie einen Segelunfall bereits jetzt aus?«

»Nein, Herr Oltbeck«, beteuerte Mona. »Wir sollten unsere Fühler aber in alle Richtungen ausstrecken. Deshalb habe ich veranlasst, dass der Leichnam obduziert wird.«

»Dann muss es wohl sein«, seufzte der Chef. »Gibt es schon einen Ermittlungsansatz?«

Diesmal hielt Mona ihre Zunge besser im Zaum. Da Oltbeck am Vortag so genervt auf den gefundenen Anker reagiert hatte, ließ sie die mutmaßliche Mordwaffe jetzt unerwähnt. Stattdessen sagte sie: »Herr Moll und ich wollen uns im Yachthafen umhören. Es ist sehr gut möglich, dass der Tote sich an Bord von einem dieser Freizeitboote befunden hat.«

Und Enno ergänzte: »Die Leiche war in einem sehr guten Zustand, wenn man das so nennen möchte. Nach meiner Schätzung kann sie nicht länger als vierundzwanzig bis achtundvierzig Stunden im Wasser gelegen haben. Die Strömungsverhältnisse legen nahe, dass der Körper irgendwo im Bereich der Fischerbalje über Bord gegangen ist oder geworfen wurde.«

»Das Boot könnte Borkum aber auch verlassen haben und inzwischen im Norderneyer Hafen liegen«, meinte der Chef. »Oder es hat Kurs auf die Niederlande genommen und befindet sich vor Schiermonnikoog oder noch weiter westlich.«

»Irgendwo müssen wir ja mit den Ermittlungen beginnen«, warf Mona trocken ein. Oltbeck starrte sie an. Er schien darüber nachzudenken, ob ihre Bemerkung eine Unverschämtheit war oder nicht. Schließlich entschied er sich dagegen.

»Na schön, dann beginnen Sie im Yachthafen. Aber bringen Sie mir möglichst bald Ergebnisse. Gerade jetzt in der Hauptsaison können wir keine Beunruhigung unter den Urlaubern gebrauchen.«

Die Kommissare gingen in ihr eigenes Büro hinüber und überprüften die Vermisstenanzeigen.

»Nichts dabei«, stöhnte Mona. »Das wäre wohl auch zu schön gewesen, um wahr zu sein.«

Die Ermittler wollten gerade die Polizeiwache verlassen, als eine Frau um die sechzig hereingestürmt kam.

»Mein Arnold ist fort, Sie müssen ihn sofort suchen!«, bat sie mit zitternder Stimme. Bevor Hauke Knudsen, der gerade im Wachlokal Dienst hatte, sich um sie kümmern konnte, schaltete die Kommissarin sich ein. Sie stellte sich mit Namen und Dienstgrad vor. Dann sagte sie: »Nun erzählen Sie mir mal in aller Ruhe, was geschehen ist.«

Die Frau begann mit stockender Stimme zu sprechen. Allerdings stellte sich schon nach wenigen Minuten heraus, dass Arnold ein Cockerspaniel war. Mona kämpfte ihren Unmut nieder, denn die Melderin war offensichtlich außer sich vor Sorge. Die Kommissarin musste sie beruhigen. Zum Glück erschien ungefähr zwanzig Minuten später ein Herr auf der Polizeiwache, der einen gefundenen Cockerspaniel abgeben wollte.

Arnold begrüßte freudig bellend sein Frauchen, und zumindest für die beiden war die Welt wieder in Ordnung.

»Wenn doch alle unsere Fälle so leicht zu lösen wären«, philosophierte Enno, während die Kommissare wieder Richtung Fährhafen fuhren. »Der Chef hat recht, die Yacht mit dem mutmaßlichen Mörder an Bord kann längst weit weg sein. Und solange wir noch nicht einmal die Identität des Toten kennen, dürfte es schwierig werden.«

»Ich habe ein Foto von seinem Gesicht gemacht«, sagte Mona. »Aber es stimmt, dass wir eine gewaltige Aufgabe vor uns haben. Vielleicht sollten wir uns zunächst mal stärken.«

Der Oberkommissar lächelte. Mit der Aussicht auf Essen konnte man ihn immer aufheitern.

Kapitel 6

Die Ermittler nahmen auf der Terrasse vom *Hafencafé Burkana* Platz. Nach Monas Meinung war es noch zu früh für ein warmes Mittagessen, daher entschied sie sich für Apfelkuchen mit Sahne sowie den unvermeidlichen Ostfriesentee. Enno gab hingegen der hausgemachten Linsensuppe eine Chance. Wegen des strahlenden Sonnenscheins hatten die Kommissare ihre Sonnenbrillen aufgesetzt.

»Man sollte meinen, dass die Ehefrau des Toten ihren Mann allmählich vermisst und sich bei der Polizei meldet«, dachte Mona laut nach.

Enno nickte.

»Ja, das sehe ich auch so. Es sei denn, sie hat etwas mit seiner Ermordung zu tun. Ich bin nämlich ebenfalls der Meinung, dass das Opfer mit einem Bootsanker erschlagen worden sein könnte. Die Beschaffenheit der Kopfwunde lässt darauf schließen.«

»Wie schön, dass wir beide uns wieder einmal einig sind. Dann wird womöglich auch der Chef einsehen, dass der Faltklappanker die Mordwaffe ist.«

Die Ermittler unterbrachen ihr Gespräch, als die Bestellung serviert wurde. Während der Oberkommissar sich seine Suppe schmecken ließ, fuhr Mona fort: »Ich war übrigens gestern Abend noch am Yachthafen. – Nun schau mich nicht so entsetzt an, ich wollte mich nur ein wenig umsehen. Und leider ist nicht allzu viel dabei herausgekommen.«

Die Kommissarin erzählte von der munteren Trinkrunde in der Nordsee Kombüse sowie von der Begegnung mit der in Tränen aufgelösten Nina.

»Freude und Trauer liegen eben oft dicht beieinander«, meinte Enno kauend.

»Du hättest Briefkastenonkel werden sollen«, erwiderte Mona lächelnd. »Wir sollten uns aufteilen, wenn wir gleich die Segler befragen. Andernfalls sind wir bis zum späten Abend beschäftigt.«

Im Yachthafen herrschte an diesem schönen Sommertag wirklich viel Betrieb. Boote legten ab, andere rauschten unter vollen Segeln auf die Hafeneinfahrt zu. Die Kommissarin machte sich keine Illusionen darüber, dass sie brauchbare Zeugen würde auftreiben können. Doch solange sie und ihr Kollege keine anderen Anhaltspunkte hatten, mussten sie schließlich irgendwo mit ihren Ermittlungen beginnen.

Nach dem Essen ging Mona zu den nördlichen Anlegeplätzen hinüber, während Enno sich auf die Boote am Südende des Yachthafens konzentrierte. Die Motor- und Segelyachten säumten dicht an dicht die Piers.

»Moin! Haben Sie diesen Mann schon einmal gesehen?«

So lautete der Standardsatz, mit dem die Kommissarin die Segler ansprach und ihnen das Foto des unbekannten Toten unter die Nase hielt. Sie hatte sein Gesicht so fotografiert, dass man die Wunde am Hinterkopf nicht sehen konnte. Daher machte der Anblick des Leichnams keinen allzu grausigen Eindruck. Allerdings war unübersehbar, dass diese Person nicht mehr lebte.

Geduld gehörte nicht zu Monas stärksten Charaktereigenschaften. Sie wusste natürlich, dass fruchtlose Befragungen von möglichen Zeugen zum polizeilichen Tagesgeschäft gehörten. Doch ihre Stimmung wurde nicht besser, nachdem sie zum zehnten oder elften Mal ergebnislos an Bord eines Bootes gegangen war.

Seufzend ging die Kommissarin auf eine elegante weiße Motoryacht zu, die zu den größten Wasserfahrzeugen im Borkumer Yachthafen gehörte. Der Besitzer der *Persephone C* war finanziell garantiert auf Rosen gebettet, jedenfalls nach Monas Meinung. Die Ermittlerin trat auf das Achterdeck und schaute sich suchend um.

»Moin!«, rief sie.

Daraufhin wurde die Kabinentür geöffnet, und Mona erblickte ein bekanntes Gesicht. Nina war blass, doch ihr Antlitz wirkte nicht mehr so aufgequollen wie in der vergangenen Nacht. Ihre Stimme verriet, dass sie unter einer inneren Anspannung stehen musste.

»Was soll das, Mona? Spionierst du mir nach?«

Die Kommissarin schüttelte den Kopf.

»Nein, wir befragen die Besatzungen sämtlicher Boote im Hafen. Ich bin nämlich keine Sozialarbeiterin, sondern Polizeibeamtin. – Hast du diesen Mann schon mal gesehen?«

Mit diesen Worten zeigte sie Nina das Bild des Toten auf ihrem Smartphone-Monitor.

Die junge Frau riss die Augen weit auf und stieß einen schrillen Schreckensschrei aus.

***

Das Geräusch war so laut, dass es selbst auf weiter entfernten Booten die Aufmerksamkeit der Freizeitskipper erregte. Zahlreiche Blicke richteten sich auf die beiden Frauen, die sich auf dem Achterdeck der Persephone C gegenüberstanden. Mona presste die Lippen aufeinander. Unauffällige Ermittlungen konnte sie unter diesen Umständen wohl vergessen. Doch das ließ sich nun nicht mehr ändern.

Ihr Smartphone klingelte, Enno war am Apparat.

»Hast du gerade geschrien, Mona?«

»Nein, ich bin okay. Trotzdem könntest du herüberkommen, ich befinde mich an Bord der Persephone C. Ich könnte hier Unterstützung gebrauchen.«

Nina zitterte nämlich jetzt am ganzen Leib. Mona befürchtete, dass sie gleich umkippen würde. Außerdem waren durch den Schrei nicht nur die Menschen auf den anderen Schiffen alarmiert worden. Die Kabinentür öffnete sich erneut, und zwei Frauen sowie ein junger Mann traten auf das Achterdeck.

Obwohl Mona das muntere Trio am Vorabend nur aus der Entfernung gesehen hatte, erkannte sie die fröhlichen Zecher sofort wieder. Also gehörte Nina zu dieser Gruppe? Und warum hatte sie weinend draußen vor der Tür gesessen, während die anderen Party machten? Diese Fragen mussten zunächst unbeantwortet bleiben, denn nun wandte die ältere Frau sich an die Kommissarin:

»Was ist hier los? Wer sind Sie?«

Mona schaute sich ihr Gegenüber genauer an. Die dunkelblonde Frau war schätzungsweise Anfang fünfzig, schien aber unbedingt jünger wirken zu wollen. Zumindest deutete ihre modische Freizeitkleidung darauf hin, die eher zu einer gut betuchten Dreißigerin gepasst hätte. Doch die Kommissarin konnte sich ohnehin nicht gut auf das Trio konzentrieren, da sie gleichzeitig Nina im Auge behielt. Sie befürchtete, dass die junge Frau einen Kreislaufkollaps erleiden könnte.

Mona wandte sich an Nina, die inzwischen bedenklich bleich geworden war: »Atme tief durch und setz dich. Am besten legst du auch die Beine hoch.«

»Ich will jetzt sofort wissen, was Sie an Bord meiner Yacht zu schaffen haben!«, fauchte die ältere Frau.

Die Kriminalistin präsentierte ihren Dienstausweis.

»Polizei Borkum, ich bin Kommissarin Sander. Und ich muss Sie und Ihre Begleiter im Rahmen einer Ermittlung befragen. Doch jetzt sollten wir uns zunächst um diese junge Frau kümmern. Ist Nina Ihre Tochter?«

Die Antwort bestand aus einem Lachen, das eher hysterisch als amüsiert klang.

»Wie bitte?! Ich habe überhaupt keine Tochter, nur eine Schwiegertochter.«

Sie deutete auf die andere Frau, die neben dem jungen Mann stand und einen unbeteiligt wirkenden Gesichtsausdruck zur Schau trug.

»Und ich bin Arne Clüver«, sagte der Mann. »Das hier ist meine Frau Carola. Und ich möchte zu gern wissen, was dieser Zirkus soll.«

»Stellen Sie keine dummen Fragen, holen Sie lieber Wasser. Sehen Sie nicht, dass es Nina schlecht geht?«

Mona hatte eigentlich nicht ernsthaft erwartet, dass Arne ihre Anweisung befolgen würde. Doch er schien begriffen zu haben, dass er durch aufmüpfiges Verhalten nicht punkten konnte. Zumindest verschwand er schnell in der Kajüte und kam gleich darauf mit einer Flasche Mineralwasser zurück.

Währenddessen hatte Nina sich zumindest gegen die Reling gelehnt und die Beine ausgestreckt. Sie legte den Kopf in den Nacken und schloss die Augen. Wieder rannen Tränen über ihre Wangen. Mona fühlte ihren Puls. Er kam ihr relativ normal vor, eine Bewusstlosigkeit stand wohl nicht unmittelbar bevor.

Die Kommissarin bemerkte zu ihrer Erleichterung, dass nun Enno herbeigeeilt kam. Das passte ihr gut, denn sie hatte eine Menge Fragen sowohl an Nina als auch an die anderen drei.

Die ältere Frau hatte inzwischen die Arme vor der Brust verschränkt und musterte Mona mit einem kalten Blick.

»Ich will jetzt auf der Stelle wissen, was hier gespielt wird. Woher kennen Sie Nina?«

Sie trug einen Ehering, der dem des Toten zum Verwechseln ähnlich sah. Bevor Mona die Frage beantwortete, kam Enno an Bord. Sie deutete auf ihn.

»Das ist mein Kollege, Oberkommissar Moll. – Könntest du bitte zunächst die Personalien dieser Herrschaften aufnehmen?«

Der letzte Satz war natürlich auf Enno gemünzt. Nun wandte Mona sich an die ältere Frau.

»Ich habe Nina gestern Nacht kurz kennengelernt, als ich privat unterwegs war. Heute geht es um eine Ermittlung zu einem Todesfall. Ist Ihnen dieser Herr bekannt?«

Sie zeigte wieder das Foto des Mannes, der am Strand gefunden worden war. Die Frau atmete tief durch, zeigte aber ansonsten keine Gefühlsregung.

»Das ist mein Ehemann, Hauke Clüver. Was ist mit ihm? Ist er tot?«

Mona nickte. Nina schluchzte laut auf. Der Sohn und die Schwiegertochter schienen die Nachricht ebenfalls sehr gefasst aufzunehmen. Mona fragte sich ernsthaft, ob das Trio in der vorigen Nacht auf Hauke Clüvers Tod angestoßen hatte.

Doch in welchem Verhältnis hatte Nina zu dem Toten gestanden?

Nun öffnete Enno den Mund.

»Sie haben meine Kollegin gehört. Ich benötige von Ihnen allen einen Personalausweis, einen Führerschein oder ein anderes Lichtbilddokument.«

»Ich habe meine Handtasche in der Kajüte«, sagte Frau Clüver und öffnete die Luke, um wieder nach unten zu steigen. Ihr Sohn und ihre Schwiegertochter folgten ihr, der Oberkommissar kam ebenfalls nach.

Nun hatte Mona die Gelegenheit, ungestört mit Nina zu reden.

»Wie geht es dir?«

Die junge Frau verzog den Mund.

»Wie soll es mir schon gehen? Mein Chef ist tot, die Nachricht hat mich wie ein Keulenschlag getroffen.«

»Dein Chef?«

»Ja, Mona. Ich bin … war die Sekretärin von Hauke Clüver. – Warum hast du mir nicht schon früher gesagt, dass du Polizistin bist?«

»So lange kennen wir uns ja noch gar nicht. Mir kommt es so vor, als ob der Tote für dich mehr gewesen wäre als nur ein Arbeitgeber.«

»Da täuschst du dich.«

Die Kommissarin fand diesen Satz alles andere als glaubwürdig. Vor allem, wenn sie an Ninas Gefühlsausbrüche in der vergangenen Nacht und vor wenigen Minuten dachte.

»Warum hast du gestern auf der Treppe gesessen und geweint, während Frau Clüver, ihr Sohn und ihre Schwiegertochter in der Nordsee Kombüse Highlife gemacht haben?«

Nina zuckte mit den Schultern.

»Mir war einfach nicht nach Feiern zumute. Ich fühlte mich etwas einsam, ich habe nämlich keinen Freund. Und für die Familie Clüver bin ich nur eine Angestellte.«

Mona machte sich ihren Reim auf diese Erklärung, doch sie fragte zunächst einfach nur weiter.

»Kannst du dir vorstellen, dass jemand deinem Chef nach dem Leben getrachtet hat?«

»Herr Clüver besaß ein erfolgreiches Maschinenbauunternehmen. Es befindet sich seit drei Generationen im Besitz der Familie. Er exportierte in alle Welt, konnte seine Absatzmärkte in den letzten Jahren ausbauen, während einige seiner Konkurrenten in den Konkurs gingen. So etwas schafft natürlich Neid.«

»Und wie war das Verhältnis zu seiner Frau und seinem Sohn?«

»Da ist alles in Ordnung.«

Der Satz kam für Monas Geschmack etwas zu schnell und glatt über Ninas Lippen. Die Kriminalistin fand die Erklärung der Sekretärin nicht sehr glaubwürdig. Vor allem nicht, da sie offensichtlich mehr um den Toten trauerte als dessen Familie. Oder gab es für ihre Tränen einen ganz anderen Grund?

»Du sagtest gestern, dass ein Mann fort sei, der dir sehr viel bedeutet. Ist damit dein Chef gemeint?«

Nina wich Monas forschendem Blick aus.

»Das ist meine Privatsache.«

Nicht bei einer Mordermittlung, dachte die Kommissarin. Doch sie wollte lieber mehr über die Hintergründe erfahren, bevor sie die Sekretärin intensiver befragte.

»Wann hast du Hauke Clüver zum letzten Mal gesehen?«

»Am Freitag, im Büro. Ich sollte Sonntagabend nach Borkum kommen, er hatte mich zu einem Törn auf der Persephone C eingeladen. Doch als ich gegen achtzehn Uhr mit dem Katamaran von Emden aus ankam, war die Yacht schon ausgelaufen.«

»Was hast du dann getan?«

»Ich wartete im Hafen, ich hatte ja kein Hotelzimmer gebucht. Gegen Mitternacht kehrte das Boot zurück, aber Herr Clüver war nicht an Bord. Seine Frau entschuldigte sich bei mir. Sie sagte, dass er vermutlich zu einem dringenden Geschäftstermin aufs Festland gemusst hätte.«

Diese Erklärung kam Mona sehr fadenscheinig vor. War der Unternehmer von seiner eigenen Familie ermordet worden, mit dem

Anker als Tatwaffe? Aber warum hatte der Gegenstand dann an Land gelegen, unweit der Reedestraße?

»Wie ging es dann weiter, Nina?«

Die junge Frau hob die Schultern.

»Es kommt öfter vor, dass Herr Clüver die Insel spontan per Flugzeug verlässt. Das habe ich ab und zu erlebt.«

»Also warst du schon bei früheren Gelegenheiten Gast auf der Yacht?«

»Ja, Herr Clüver ist … war sehr leistungsfähig und hatte auch in seiner Freizeit stets Arbeitsunterlagen dabei. Und er war rund um die Uhr für Kunden erreichbar. Da konnte es schon mal vorkommen, dass er seinen Urlaub spontan unterbrechen musste.«

»Ich verstehe. Und du bist jetzt als Gast auf der Persephone C?«

Nina nickte.

»Ich habe dort eine eigene kleine Kabine. Und ich wartete darauf, dass Herr Clüver zurückkehren würde …«

Ihre Augen wurden erneut feucht. Mona legte ihre Hand auf Ninas Schulter.

»Versuche bitte, dich zu beruhigen. Wir werden herausfinden, wie dein Chef ums Leben gekommen ist, das verspreche ich dir. Hast du einen konkreten Verdacht?«

Die Sekretärin schüttelte den Kopf.

Mona war überzeugt davon, dass Nina bestenfalls die halbe Wahrheit gesagt hatte. Doch sie bohrte nicht nach, sondern ließ sich den Personalausweis zeigen. Die Sekretärin hieß mit vollem Namen Nina Michels.

»Ich spreche jetzt mit den übrigen Anwesenden«, erklärte die Kommissarin.

»Dann sag ihnen bitte, dass ich niemanden beschuldigt habe.«

Auf diese Bemerkung erwiderte Mona nichts, dachte sich aber ihren Teil. Nina hatte Angst, das war offensichtlich. Fürchtete sie sich vor der Familie des Opfers? Oder gab es noch eine weitere Person, die Mona bisher nicht auf dem Radar hatte?

Sie stieg hinab in die geräumige Kajüte. Es gab einen Wohnbereich, dessen Einrichtung im edlen Landhausstil vom Wohlstand des Yachtbesitzers zeugte.

Doch der ganze Reichtum konnte nicht verhindern, dass Clüver mit einem billigen Klappanker erschlagen wurde, dachte Mona.

Kapitel 7

Enno blickte auf, als seine Kollegin erschien. Er saß mit den drei übrigen Personen an dem großen Esstisch im hinteren Bereich des Salons.

»Monika Clüver, Ihr Sohn Arne und die Schwiegertochter Carola geben an, Hauke Clüver seit dem frühen Sonntagabend nicht mehr gesehen zu haben«, sagte der Oberkommissar.

Die Witwe nickte.

»Ja, allerdings! Und nun möchten wir wissen, was überhaupt geschehen ist. Herr Moll behauptet, die Leiche meines Mannes sei am Strand angetrieben worden? Demnach ist Hauke ertrunken?«

»Das steht noch nicht fest«, erwiderte Mona. »Die Obduktion wird über die genaue Todesursache Aufschluss geben. Der Tote weist allerdings eine schwere Kopfverletzung auf. Es wäre möglich, dass er niedergeschlagen und dann in die Nordsee gestoßen wurde.«

»Die Herrschaften behaupten, dass Hauke Clüver gar nicht an Bord gewesen wäre«, sagte Enno.

Der Sohn des Opfers zog die Augenbrauen zusammen.

»Ja, so war es. Wollen Sie uns unterstellen, dass wir lügen, Herr Moll?«

»Wir unterstellen gar nichts, sondern untersuchen die Todesumstände Ihres Vaters.«

Enno ließ sich nicht aus der Ruhe bringen. Da meldete sich Carola Clüver zu Wort.

»Es wäre auch möglich, dass mein Schwiegervater auf der Yacht war, ohne dass einer von uns es mitbekommen hat.«

»Wie soll das möglich sein?«

»Ganz einfach, Frau Sander. Sie werden bemerkt haben, dass die Persephone C ein sehr geräumiges Schiff ist. Es gibt mehrere Schlafkabinen, den großen Wohnsalon, eine Kombüse, die Kommandobrücke und einen Maschinenraum. Die Yacht ist hochseetauglich, man könnte damit bis nach Amerika fahren.«

»Wir wollten am Sonntagabend einen kleinen Mondscheintörn machen«, ergänzte ihr Ehemann. »Wir waren ein paar Stunden auf See und sind dann in den Borkumer Hafen zurückgekehrt. Es stimmt, was Carola gesagt hat. Wenn mein Vater beispielsweise in seiner Kabine war und sich aufs Ohr gelegt hat, werde ich ihn gar nicht bemerkt haben. Ich habe nämlich die ganze Zeit lang am Ruder gestanden.«

Mona war skeptisch.

»Warum hätte Hauke Clüver sich an Bord schleichen sollen, ohne von Ihnen allen bemerkt zu werden?«

»Sie haben meinen Mann offenbar nicht gekannt«, stellte Monika Clüver fest. »Er war kein Mensch, der sich vor anderen rechtfertigte. Noch nicht einmal gegenüber seiner eigenen Familie. Und er neigte zu spontanen Entschlüssen. An unserem zehnten Hochzeitstag ist er allein nach Chicago geflogen, um einen Geschäftsabschluss unter Dach und Fach zu bringen. Diese Gelegenheit wäre ihm ansonsten durch die Lappen gegangen.«

»Und er ließ Sie an diesem besonderen Datum allein«, stellte Enno fest.

»Sie sagen das so, als wäre er lieblos gewesen. Doch Hauke hat sich aufgeopfert, um uns allen ein angenehmes Leben zu ermöglichen.«

Der Sohn und die Schwiegertochter nickten. Mona fand, dass der Besitz einer hochseetauglichen Luxusyacht etwas mehr als ein »angenehmes Leben« darstellte. Ob es bei Hauke Clüvers Tod um Geld gegangen war? Finanzen stellten immer ein überzeugendes Motiv dar.

»Ihr Ehemann hatte doch gewiss ein Smartphone«, vermutete Mona.

»Ja, er trug das Gerät ständig bei sich. Wenn Sie es nicht gefunden haben, wird es ihm im Wasser wahrscheinlich aus der Tasche gefallen sein«, erwiderte Monika Clüver.

»Wir müssen in Erfahrungen bringen, mit wem er vor seinem Tod zuletzt gesprochen hat. Dafür benötigen wir die Einzelverbindungsnachweise.«

»Ich kann Ihnen den Namen des Providers nennen.«

Die Kommissarin machte sich eine Notiz. Sie wollte das Telekommunikationsunternehmen so bald wie möglich kontaktieren. Womöglich hatte Hauke Clüver mit seinem späteren Mörder telefoniert.

Enno ergriff das Wort.

»Also hätte Ihr Ehemann an Bord sein können? Waren denn noch weitere Personen auf der Yacht, die ihn eventuell gesehen haben?«

»Ja, nämlich Tim Lange«, antwortete die Witwe und schaute auf die Uhr. »Er sollte eigentlich schon zurück sein. Ich frage mich, wo er bleibt.«

»Wer ist das?«, wollte Mona wissen.

»Tim arbeitet als Matrose für uns. Er verrichtet alle anfallenden Arbeiten auf der Persephone C, vom Anstrich über die Maschinenwartung bis zum Festmachen bei Anlegemanövern. Er sollte sich mit dem Fahrrad zum Supermarkt begeben und Vorräte einkaufen.«

Mona vergegenwärtigte sich, dass Tim Lange dabei genau an der Stelle vorbeikommen musste, an der auch der Anker gefunden wurde. Allerdings war das schon einen Tag früher geschehen, nämlich am Montag.

»Fährt Tim Lange diese Strecke öfter?«, fragte Enno.

»Momentan beinahe täglich, aber montags immer. Milch und Gemüse haben wir am liebsten frisch.«

»Könnten Sie mir bitte Ihre Anker zeigen?«, bat die Kommissarin.

Dieser Wunsch schien niemanden zu überraschen, was sie wiederum verdächtig fand. Der Sohn des Opfers stand auf.

»Ja, natürlich. Folgen Sie mir bitte.«

Arne Clüver ging mit Mona auf Vordeck. Dort gab es zwei mächtige eiserne Anker, einen für Backbord und einen für Steuerbord. Beide waren viel massiver als der Faltklappanker, was Mona allerdings nicht verwunderte. Um ein so großes Schiff wie die Persephone C halten zu können, bedurfte es einer entsprechenden Verankerung im Meeresboden.

Dadurch war allerdings noch nichts bewiesen, denn einen kleinen Faltklappanker konnte man sich bei jedem Schiffsausrüster kaufen oder heutzutage sogar im Internet bestellen.

»Sie vermissen also aktuell keinen Anker?«

»Nein, Frau Sander. Zwei Stück sollten ausreichend sein, denke ich.«

Die Kommissarin fragte sich die ganze Zeit lang, ob sie an der Nase herumgeführt wurde. War Hauke Clüver wirklich ohne das Wissen seiner Familie an Bord gewesen? Das kam ihr unwahrscheinlich vor. Andererseits hatte Mona keinen Beweis dafür, dass das Opfer sich wirklich auf *dieser* Yacht befunden hatte. Das war bisher nur eine Annahme, kein Beweis.

»Können Sie Tim Lange nicht per Handy erreichen?«, fragte sie Arne Clüver auf dem Rückweg zum Wohnsalon.

»Doch, eigentlich schon. Meine Mutter wird seine Mobilfunknummer haben.«

Die Witwe versuchte wenig später, den Matrosen zu erreichen. Sein Gerät war allerdings abgeschaltet. Die Kriminalistin ließ sich von ihr die Telefonnummer geben.

»Falls Tim Lange nicht bald zurückkehrt, werden wir ihn zur Fahndung ausschreiben«, kündigte Mona an.

Die Witwe legte den Kopf in den Nacken, sie schien nachzudenken.

»Es wäre vorstellbar, dass Tim Lange meinem Mann etwas angetan hat.«

»Wie kommen Sie darauf?«, fragte die Kriminalistin.

»Hauke hatte den Matrosen im Verdacht, in unsere Bordkasse gegriffen zu haben. Das Geld ist nämlich weg. Dazu muss man wissen, dass Lange vorbestraft ist. Meinem Mann war das bekannt, doch er hat ihn trotzdem eingestellt. Hauke fand, dass jeder Mensch eine zweite Chance verdient hätte. Vielleicht kam es ja zwischen meinem Mann und Lange zum Streit, ohne dass wir es bemerkten.«

»Falls es so war, werden wir die Wahrheit ans Tageslicht befördern«, versicherte Mona. »Falls Tim Lange wieder hier bei Ihnen auftaucht, dann schicken Sie ihn bitte sofort zur Polizeistation.«

»Das werden wir tun, Frau Sander«, versicherte Monika Clüver. »Wann wird eigentlich die Leiche meines Mannes freigegeben?«

»Zunächst muss der Tote obduziert werden, wir halten Sie auf dem Laufenden«, erwiderte Mona. »Bleiben Sie bitte zu unserer Verfügung und geben Sie uns Bescheid, falls Sie die Insel verlassen wollen.«

Mit diesen Worten legte sie eine ihrer dienstlichen Visitenkarten auf den Tisch.

»Verdächtigen Sie uns etwa, in den Tod meines Vaters verwickelt zu sein?«, grollte Arne Clüver.

Bevor Mona sich mit einer scharfzüngigen Antwort in die Nesseln setzen konnte, kam Enno ihr zuvor.

»Sie werden verstehen, dass wir in alle Richtungen ermitteln müssen«, sagte er mit einem freundlichen Lächeln auf den Lippen.

Kapitel 8

Als die Ermittler aus der Kajüte kamen, stand Nina immer noch auf dem Achterdeck. Sie schien sich ein wenig beruhigt zu haben, zumindest waren ihre Wangen nicht mehr ganz so blass.

Sie schaute Mona und Enno erwartungsvoll an.

»Wie geht es jetzt weiter?«

»Wir werden Hauke Clüvers Todesumstände genau untersuchen. Hast du eine Ahnung, wo sich Tim Lange aufhalten könnte? Er sollte einkaufen fahren, hätte aber schon zurückkehren müssen.«

»Das weiß ich nicht, ich kenne ihn kaum.«

Die Kommissarin trat einen Schritt auf die Sekretärin zu und schaute ihr in die Augen.

»Wenn du dich fürchtest, kann die Polizei dich beschützen. Aber du musst uns alles sagen, was du weißt.«

»Du irrst dich, Mona. Ich habe keine Angst. Und ich habe dir alles mitgeteilt, was mir bekannt ist.«

Daran hatte die Kommissarin ihre Zweifel, doch sie musste sich mit der Aussage zufriedengeben. Aus dem Augenwinkel bemerkte Mona, dass die Witwe am Kabineneingang aufgetaucht war und aufmerksam zu ihnen hinüberschaute.

Den Ermittlern blieb nichts anderes übrig, als sich zunächst zu verabschieden. Doch als sie wieder im Auto saßen, war Mona nicht mehr zu bremsen.

»Was für eine verlogene Bande, Enno! Die haben doch alle noch nicht mal mit der Wimper gezuckt, als sie von Hauke Clüvers Tod erfuhren! Nina ist die Einzige, die wegen ihm ein paar Tränen vergossen hat.«

»Jeder Mensch trauert eben anders, die Witwe und ihr Sohn sowie die Schwiegertochter haben einfach besser gelernt, ihre Gefühle zu unterdrücken.«

»Ist das dein Ernst, Enno? Du würdest anders denken, wenn du gestern Abend dabei gewesen wärst. Dieses saubere Trio hat sich in der Nordsee Kombüse volllaufen lassen, während Nina sich draußen die Augen aus dem Kopf geweint hat.«

»Du glaubst also, sie hätten auf die erfolgreiche Ermordung des Familienoberhaupts angestoßen? Zugegeben, das wäre eine Möglichkeit. Es könnte aber auch einen anderen Anlass für den Umtrunk gegeben haben.«

Die Kommissarin schüttelte den Kopf.

»Nina muss gewusst oder geahnt haben, dass Clüver nicht mehr lebt. Ich vermute, dass sie wirklich in ihn verliebt war. Der Klassiker: reifer Chef hat Affäre mit junger Sekretärin. Die Ehefrau bekommt Wind von der Sache, beseitigt den Treulosen und hat praktischerweise gleich noch einen Sündenbock zur Hand.«

»Du sprichst von dem vorbestraften Matrosen? Noch können wir nicht ausschließen, dass Tim Lange wirklich in den Mord verwickelt ist. Wir sollten uns seine Version anhören. Dafür müssten wir ihn allerdings zunächst erst einmal finden.«

»Er kann sich ja nicht in Luft aufgelöst haben, Enno. Wie praktisch, dass der Knabe schon aktenkundig ist. Dann können wir uns sein erkennungsdienstliches Foto ausdrucken und nach ihm fahnden. Zumindest haben wir einen begründeten Anfangsverdacht.«

»Das wird Oltbeck freuen«, vermutete der Oberkommissar.

Und so war es auch. Die Miene des Dienststellenleiters hellte sich sofort auf, da seine Mitarbeiter schon nach kurzer Fahndung einen Hauptverdächtigen präsentieren konnten. Mona hatte zuvor ihren PC eingeschaltet und die elektronische Strafakte von Tim Lange aufgerufen. Er war wegen Raubes und Körperverletzung zu zwei Jugendstrafen verurteilt worden. Oltbeck nickte beifällig, als er die Polizeifotos des Verdächtigen betrachtete.

»Sehr gut, Frau Sander und Herr Moll. Dieser Tim Lange hatte offenbar Motiv und Gelegenheit für die Bluttat. Hauke Clüver wollte ihn wegen des Diebstahls entlassen, die Männer gerieten in Streit. Lange schlägt mit dem Faltklappanker zu, das Opfer stürzt tot oder sterbend ins Meer.«

»Und niemand an Bord will etwas bemerkt haben?«

Monas Stimme drückte ihren Zweifel nur allzu deutlich aus. Der Chef kniff die Augen zusammen.

»Finden Sie diese Lösung zu einfach? Spätestens, wenn sich Langes Fingerabdrücke auf der Tatwaffe finden, wird die Angelegenheit geklärt sein.«

»Seine Prints auf einem Faltklappanker? Vorausgesetzt, Arne Clüver hat gelogen und es fehlt doch ein Anker, würde es mich wundern, wenn Langes Abdrücke *nicht* darauf wären, er ist immerhin Matrose. Da gehört es zu seinen Aufgaben, die Ausrüstung in Schuss zu halten.«

Enno unterstützte Mona: »Das Verhalten der Familienangehörigen ist wirklich etwas seltsam.«

»Durch merkwürdiges Benehmen wird man noch nicht zum Mörder«, schnarrte der Hauptkommissar. »Konzentrieren wir uns zunächst auf diesen Lange. Wenn er ein hieb- und stichfestes Alibi für die Tatnacht hat, können wir immer noch neu überlegen. Doch bis dahin sollten Sie sich nicht verzetteln. Ich werde sofort veranlassen, dass der Fährhafen und der Flugplatz überwacht werden.«

Mit diesen Worten griff Oltbeck zum Telefonhörer, die Besprechung war für ihn offensichtlich beendet.

»Sollen wir an diesen Tatablauf glauben?«, fragte Mona, nachdem sie und Enno wieder in ihrem Büro waren. »Sonntagnacht schlägt Tim Lange seinen Chef tot und wirft ihn über Bord, wovon niemand auf der Yacht etwas mitbekommen haben will. Am Montag radelt er vom Fährhafen weg und verliert dabei zufälligerweise die Mordwaffe. Am Dienstag legt er die gleiche Strecke noch einmal zurück und verschwindet von der Bildfläche.«

»Das ist gar nicht so unwahrscheinlich«, brummte Enno. »Du weißt doch auch, dass Ganoven nicht immer rational und überlegt handeln. Womöglich war der Matrose völlig durcheinander, als er den Anker verloren hat. Ein Mord ist schließlich etwas anderes als ein Raub oder eine Körperverletzung. Vielleicht wurde ihm erst heute bewusst, dass der Anker fort ist und als Beweisstück gegen ihn dienen könnte. Daraufhin bekommt Tim Lange erst recht Panik und taucht unter.«

»Und das saubere Trio aus der Nordsee Kombüse soll völlig unschuldig sein?«, fragte die Kommissarin skeptisch. Ihr Kollege hob seine breiten Schultern.

»Das wissen wir nicht, Mona. Fest steht, dass sie alle an Bord waren. Also hätten sowohl die Ehefrau als auch der Sohn oder die Schwiegertochter die Möglichkeit gehabt, Hauke Clüver zu erschlagen.«

»Und es gibt auch noch die Variante, dass sie alle drei sich zu einem Mordkomplott verabredet haben und den Matrosen als Schuldigen präsentieren wollen. Falls das wirklich so sein sollte, haben wir eine harte Nuss zu knacken.«

»Wenn Tim Lange unschuldig ist, wird er leugnen«, gab Enno zu bedenken.

»Ja, aber ich wette mit dir, dass seine Fingerabdrücke auf dem Faltklappanker sind. Dann wird es eng für ihn. Angesichts seiner Vorstrafen ist es fraglich, ob das Gericht ihm glaubt.«

»Wir müssen herausfinden, welches Motiv die Familie für einen Mord gehabt haben könnte.«

Mona nickte.

»Zu dem Thema könnte Nina uns garantiert mehr sagen. Leider hat sie Angst, sie …«

In diesem Moment klopfte es an die Tür. Polizeimeisterin Aiske Berend kam herein.

»Entschuldigt die Störung, aber da ist eine Besucherin für dich, Mona. Sie heißt Nina Michels.«

***

Wenig später saß die Sekretärin auf dem Besucherstuhl neben Monas Schreibtisch. Enno war zunächst von der Bildfläche verschwunden, um Tee zu kochen. Nun kehrte er mit einem Tablett in seinen mächtigen Pranken zurück. Darauf befanden sich eine Kanne, ein Stövchen, Kluntjes, Sahne, drei Tassen und ein Tellerchen mit Keksen.

»Nehmen Sie einen Tee«, sagte er freundlich. »Wir sind hier schließlich auf Borkum.«

Nina zögerte, griff dann aber doch zu. Mona musterte die junge Frau. Sie wirkte immer noch angespannt. Warum hatte sie die Polizeiwache aufgesucht? Diese Frage lag der Kommissarin auf der Zunge, doch sie hielt sich einstweilen zurück. Es war besser, Nina erst einmal reden zu lassen.

»Hauke und Monika lieben einander schon lange nicht mehr.«

Dieser Satz kam zögernd über Ninas Lippen.

»Hat dein Chef dir das gesagt?«

»Das habe ich gespürt, Mona. Dir wäre es auch aufgefallen, wenn du Hauke gekannt hättest. Als … als er noch gelebt hat.«

Ninas Atemzüge beschleunigten sich. Sie presste die Lippen aufeinander. Die Ermittlerin befürchtete schon, dass sie wieder weinen würde. Doch stattdessen sprach sie stockend weiter.

»Hauke hätte seine Familie nicht verlassen. Er kannte seine Verpflichtungen.«

»Hatte dein Chef ein Verhältnis mit dir?«

Nina nickte, wobei sie weder Mona noch Enno anschauen konnte.

»Wusste seine Frau davon?«

»Das kann ich dir nicht sagen. Es heißt ja, dass Eheleute merken würden, wenn der Partner fremdgeht.«

»Kam es dir gar nicht seltsam vor, dass die Yacht schon ausgelaufen war, als du auf Borkum eingetroffen bist?«

»Nein, ich hielt das für ein Missverständnis.«

»Und was sagten Monika, Arne und Carola Clüver zu dir, nachdem die Persephone C wieder im Hafen eingelaufen war? Entschuldigten sie sich für die Unannehmlichkeiten?«

»Nein, das ist nicht ihre Art.«

»Ist es dir gar nicht seltsam vorgekommen, dass dein Chef nicht an Bord war?«

»Frau Clüver sagte, die Yacht wäre ohne ihn ausgelaufen.«

»Hast du ihr geglaubt?«

Darauf antwortete Nina nicht sofort.

»Ja, natürlich«, sagte sie nach einer längeren Pause. Doch Mona glaubte, dass sie immer noch Angst hatte.

»Wir können Hauke Clüvers Mörder nur finden, wenn wir alle nötigen Informationen bekommen«, erklärte Mona eindringlich.

»Ich war nicht an Bord, als … er starb. Und ich muss jetzt gehen.«

Nina stand auf und verließ grußlos den Raum. Mona schaute ihr entgeistert nach.

»Was sollte denn dieser Auftritt?«

»Sie fühlt sich wegen Clüvers Tod schuldig«, mutmaßte Enno. »Wahrscheinlich macht die junge Frau ihre Affäre mit dem Opfer für den Mord verantwortlich.«

***

Die Ermittler verließen ihr Büro. Sie konnten nicht darauf warten, dass Tim Lange ihnen auf dem Silbertablett präsentiert wurde. Also beteiligten sie sich an der Suche. Inzwischen hatten alle im Einsatz befindlichen Inselpolizisten das erkennungsdienstliche Foto des Verdächtigen bekommen.

Enno lenkte den Opel Vectra durch die Nebenstraßen, die von der Reedestraße abzweigten. Wenn die Kommissare Passanten begegneten, hielten sie an und zeigten das Bild des Gesuchten. Es war wie verhext. Niemand konnte sich daran erinnern, ihn gesehen zu haben. Monas Stimmung erreichte einen Tiefpunkt, was Enno nicht entging. Er klopfte ihr freundschaftlich auf die Schulter.

»Was hältst du von einer kleinen Pause?«

Der Kriminalistin lag schon die Bemerkung auf der Zunge, ob der Oberkommissar seine Kalorienzufuhr nicht zur Abwechslung einfach zügeln wollte. Zum Glück schaffte sie es gerade noch rechtzeitig, diesen Satz herunterzuschlucken. Enno meinte es nur gut. Es gab wirklich keinen Grund dafür, ihre miese Laune an ihm auszulassen.

Sie gingen ins *Lüttje Toornkieker.* In dem gemütlich eingerichteten Café unweit des Alten Leuchtturms bestellte Monas Kollege Ostfriesentorte und Tee für die Kommissarin und sich selbst.

»Du bist eingeladen«, sagte er. »Es kommt mir so vor, als ob du dringend einen Zuckerschub brauchen könntest.«

Mona musste unwillkürlich grinsen.

»Als Pokerspielerin wäre ich vermutlich eine Super-Niete. Sieht man mir wirklich an der Nasenspitze an, wie ich mich fühle?«

»Ob andere Leute deine Stimmung bemerken, weiß ich nicht. Aber für mich steht fest, dass dieser Fall dir quer im Magen liegt.«

»Und das aus gutem Grund, mein Lieber! Zugegeben, Tim Lange hätte ein Motiv. Er war auch schon mal in der Vergangenheit gewalttätig, doch er ist nicht dämlich. Warum wirft er die Leiche ins Wasser und behält die Mordwaffe? Und nicht nur das: Der Täter sieht keine Notwendigkeit, das Blut abzuwaschen, obwohl die Reinigung des Klappankers noch nicht mal eine Minute dauern würde. Stattdessen lässt er das Blut trocknen, fährt mit dem Fahrrad Richtung Ort und schafft es dabei, einen zwei Kilo schweren Anker zu verlieren. Natürlich bemerkt er es nicht.«

»Das klingt wirklich alles sehr unwahrscheinlich«, gab der Ostfriese zu. »Wir vermuten ja, dass die Familie des Opfers die Tat dem Matrosen in die Schuhe schieben will.«

»Auch diese Variante bezweifle ich inzwischen«, gab Mona zu. »Überleg mal: Der Mörder setzt voraus, dass die Leiche auf Borkum an den Strand getrieben wird. Woher will er das wissen? Kennt er die Strömungsverhältnisse so gut? Ganz abgesehen davon, dass der Wechsel von Ebbe und Flut auch noch eine Rolle spielt.«

»Clüvers Sohn wird seemännische Kenntnisse haben, schließlich stand er während des nächtlichen Törns angeblich am Steuer«, erinnerte Enno.

Mona schüttelte den Kopf.

»Das überzeugt mich nicht. Es kommt mir wie ein Glücksspiel vor, auf die Entdeckung des Toten am Borkumer Strand zu vertrauen. Wenn die Leiche andererseits niemals gefunden wird, bekommt die Familie andere Probleme.«

»Weil es Jahre dauert, bis Hauke Clüver offiziell für tot erklärt wird?«

»Richtig, Enno. Falls die Ehefrau, der Sohn und die Schwiegertochter wirklich ein Mordkomplott geschmiedet haben, sieht es für mich ziemlich dilettantisch aus. Vor allem wegen der Sache mit dem Anker als Mordwaffe. Konnten sie sich wirklich darauf verlassen, dass ein ehrlicher Finder dieses Ding zur Polizei bringen würde? In der heutigen Zeit ist es realistischer, dass sich jemand den neuwertigen Klappanker einfach einsteckt.«

»Glaubst du nicht mehr an das Gute im Menschen?«, fragte der Oberkommissar augenzwinkernd. »Grundsätzlich hast du recht, wenn wir von einer geplanten Intrige ausgehen. Andererseits könnte Clüver spontan im Affekt getötet worden sein. Dann sieht die Sache schon ganz anders aus. In dem Fall hat die Familie einfach versucht, zu retten, was noch zu retten ist.«

Die Ostfriesentorte wurde serviert, Mona und Enno ließen es sich schmecken. Die Kommissarin tupfte sich nach einigen Bissen die Sahne von den Lippen.

»Einfach köstlich. – Tim Lange kann sich jedenfalls nicht in Luft aufgelöst haben. Falls er die Insel nicht verlassen hat, muss er noch irgendwo auf Borkum stecken. Vor allem stellt sich die Frage, weshalb er nicht zum Yachthafen zurückgekehrt ist. Weiß oder ahnt er, dass die Clüvers ihm ein Verbrechen in die Schuhe schieben wollen?«

»Das wäre zumindest eine Möglichkeit«, räumte Enno ein. »Wobei ich mich frage, weshalb er nicht einfach zur Polizei geht und seine Unschuld beteuert.«

»Weil er uns nicht traut. Er hat bereits hinter Gittern gesessen und geht davon aus, dass wir einem Vorbestraften jede Schlechtigkeit zutrauen.«

»Ja, das wäre eine Erklärung. Übrigens sollten wir im Hinterkopf behalten, dass momentan Hauptsaison herrscht. Die Insel ist ausgebucht, das habe ich gerade vorgestern noch von der Touristinformation gehört. Also fallen die leer stehenden

Ferienhäuser, die sich im Winter so gut als Versteck für flüchtige Kriminelle eignen, schon mal durchs Raster.«

»Ja, also wird sich Tim Lange entweder irgendwo in der freien Natur verstecken oder bei einer Freundin oder einem Freund Zuflucht suchen. Ich bezweifle allerdings, dass die Clüvers über seine Privatkontakte informiert sind. Und es dürfte Gründe dafür geben, dass das Smartphone immer noch ausgeschaltet ist.«

Nach der Pause fuhren die Ermittler hinunter zum Hafen. Monas Vermutungen wurden bestätigt.

»Nein, ich kann Ihnen leider nicht sagen, mit wem Tim Lange Umgang pflegt«, sagte Monika Clüver. »Haben Sie den Mörder meines Mannes immer noch nicht verhaften können?«

»Noch wissen wir nicht, ob er die Tat wirklich begangen hat«, stellte die Kommissarin fest. »Geben Sie uns bitte Bescheid, falls Tim Lange sich bei Ihnen zurückmelden sollte.«

»Das wird er ganz gewiss nicht tun«, behauptete die Witwe.

Auf dem Rückweg zur Polizeistation meinte Enno: »Es könnte sein, dass Monika Clüver sich gerade unabsichtlich selbst verraten hat.«

»Inwiefern?«

»Angenommen, Tim Lange ist ebenfalls tot. Dann steht der Verdacht gegen ihn immer noch im Raum.«

»Verflixt, du hast recht! In dem Fall hätte das Trio gute Chancen, mit dem Mord davonzukommen. Vorausgesetzt, die Familie ist wirklich für die Tat verantwortlich.«

»Also stecken die Mutter, der Sohn und die Schwiegertochter unter einer Decke?«

»Davon gehe ich aus«, erwiderte Mona. »Die Luxusyacht mag geräumig sein, aber die Persephone C ist nicht die Queen Mary. Ich kann mir nicht vorstellen, dass ein Mord an Bord von den anderen Personen unbemerkt bleibt.«

»Das ist wirklich sehr unwahrscheinlich«, stimmte Enno zu.

Kapitel 9

Als Mona am nächsten Morgen auf der Polizeiwache erschien, war ihr tiefenentspannter Kollege richtig aufgeregt. Sie bewunderte an dem Oberkommissar normalerweise seinen Gleichmut und seine Bärenruhe. Doch nun zeigte Enno eine Unruhe, die Mona an ihm nicht kannte. Das war für sie ein weiterer Beweis dafür, dass ihn der Fall innerlich genauso beschäftigte wie sie selbst.

»Wir müssen los, Mona. Eine Zeugin hat gerade ein verwaistes Fahrrad gemeldet. Es könnte sich um Tim Langes Gefährt handeln.«

»Da bin ich ja mal gespannt.«

Die Kriminalisten meldeten sich ab und fuhren Richtung Franzosenschanze. Es war wieder ein schöner Sommertag, an dem die Urlauber an die Borkumer Strände strömten. Die Lokalzeitung hatte zwar den Fund einer Leiche am Ufer gemeldet, doch solange kein Obduktionsergebnis vorlag, wurde auch nicht über einen Mordfall geschrieben. In der von Oltbeck höchstpersönlich verfassten Pressemitteilung war nur von »ungeklärten Todesumständen« die Rede gewesen, was ja eigentlich auch zutraf.

Links und rechts der Straße befanden sich die Binnenwiesen. Hier machte Borkum einen eher ländlichen Eindruck. Tiere grasten und hoben interessiert die Köpfe, als das Polizeifahrzeug heranrauschte. Die Melderin winkte. Sie war mit dem Fahrrad unterwegs, trug gestreifte Shorts, ein blaues Oberteil und einen roten Helm. Ihr Gefährt war eines der Leihräder, mit denen sich die meisten Touristen auf der Insel ausstatteten.

Die Ermittler stiegen aus, stellten sich mit Namen und Dienstgrad vor.

»Ich habe bei der Polizei angerufen, weil ich nicht wusste, wer sonst zuständig ist«, sagte die Radlerin. »Es ist doch nicht richtig, ein kaputtes Fahrrad einfach in die Landschaft zu werfen.«

Mona nickte. Es handelte sich um ein Damenrad mit Aluminiumrahmen, dessen hinterer Reifen keine Luft mehr hatte. Außerdem war die Felge stark verbogen.

»Können Sie uns sagen, ob dieses Rad schon länger hier liegt?«, fragte Enno.

»Nicht, dass ich wüsste. Wenn es mir früher aufgefallen wäre, hätte ich sofort angerufen. Ich erkunde gerade Ihre schöne Insel per Rad.

Es ist wirklich eine Schande. Ich hoffe nicht, dass so etwas hier öfter vorkommt.«

»Eigentlich nicht«, murmelte Mona gedankenverloren. Sie versuchte, Tim Langes Situation in Gedanken zu rekonstruieren. Das Fahrrad entsprach der Beschreibung, die Monika Clüver von dem Gefährt des Matrosen abgegeben hatte.

Was war geschehen?

Tim Lange hatte vermutlich einen Unfall gebaut. Blut konnte die Ermittlerin nirgendwo entdecken, also war er vermutlich nicht schwer verletzt. Doch mit diesem Rad konnte er nicht weiterfahren. Also musste er seinen Weg zu Fuß fortsetzen.

Die Straßenzüge um die Franzosenschanze gehörten zu den ruhigeren auf Borkum. Es gab in der Nähe wenig Wohnbebauung. Nördlich vom Rad-Fundort befand sich die Inselschule, erst Richtung Weidenstraße sah man mehr Häuser.

Die Kommissare bedankten sich bei der Melderin und versprachen, das kaputte Fahrrad zu entsorgen. Daraufhin setzte sie ihre Erkundungstour fort.

»Es hat wohl keinen Sinn, hier die Spurensicherung kommen zu lassen«, meinte Enno, während er die unmittelbare Umgebung musterte.

»Das sehe ich genauso. Es hat in der vorigen Nacht geregnet. Selbst wenn hier noch Hinweise waren, können wir sie jetzt vergessen. Also tun wir der Umwelt etwas Gutes und nehmen das Rad mit. Ansonsten wird uns wohl nichts anderes übrig bleiben, als an alle Türen im unmittelbaren Wohnumfeld zu klopfen. Irgendjemand muss diesen Unglücksraben doch gesehen haben!«

»Dein Wort in Gottes Ohr«, seufzte der Oberkommissar, während er das Faltrad zusammenklappte und in den Kofferraum des Opel Vectra verfrachtete.

»Wollen wir uns wieder aufteilen?«

Enno schüttelte den Kopf.

»Das ist zu riskant. Tim Lange hat eine gewalttätige Vergangenheit. Willst du dir von Oltbeck einen Vortrag über Eigensicherung anhören, falls etwas passiert?«

Mona war eigentlich der Meinung, dass sie sehr gut auf sich selbst achten könnte. Trotzdem musste sie zugeben, dass Ennos Überlegung Hand und Fuß hatte. Es hatte keinen Sinn, bei einem Mann wie Tim Lange die Heldin spielen zu wollen.

Die Kommissarin griff zum Smartphone.

»Wen rufst du an?«

»Tim Lange natürlich, zum millionsten Mal. Jedenfalls kommt es mir so vor.«

»Ist das Gerät immer noch ausgeschaltet?«

»Ja, und das ist doch nicht normal! Wozu kauft man sich ein Handy, wenn man es niemals benutzt?«

»Tim Lange ist Montagmorgen zum Einkaufen gefahren, Mona. Wenn er kein Ladekabel bei sich hatte, dürfte sein Akku schon längst den Geist aufgegeben haben. Falls er von den Clüvers ermordet wurde, sieht die Sache allerdings ganz anders aus.«

Mona nickte.

»Daran habe ich auch schon gedacht. Sie können das Rad hier platziert haben, um eine falsche Spur zu legen. Wir sollen weiterhin nach dem angeblichen Mörder von Hauke Clüver suchen, während Tim Langes sterbliche Hülle womöglich schon auf dem Grund der Nordsee liegt.«

Die Kommissarin fragte sich selbst, wie sie dem Trio eine Bluttat nachweisen sollte. Das Trinkgelage an sich war kein Beweis, und das angebliche Motiv des Matrosen würde kaum zu widerlegen sein. Vor allem, wenn er nicht mehr lebte und man seine Leiche nicht fand. Es gab also nur die Möglichkeit, Frau Clüver, ihren Sohn und die Schwiegertochter getrennt voneinander zu vernehmen und auf ein Geständnis zu hoffen.

Ein halbwegs fähiger Strafverteidiger würde die Absicht der Ermittler sofort durchschauen und entsprechend torpedieren. Und man konnte es ihm noch nicht einmal übel nehmen, dafür wurde er schließlich bezahlt.

Es gibt kein perfektes Verbrechen!

Diesen Glaubenssatz hatte Mona sich schon zu Beginn ihrer Polizeilaufbahn immer wieder vorgebetet. Jetzt hoffte sie darauf, dass er der Wahrheit entsprach.

***

Die Kommissare kamen zu Fuß nur langsam voran.

Bei einigen Gebäuden handelte es sich um Ferienhäuser, deren Bewohner mitten am Tag ausgeflogen waren. Die Urlauber hielten sich bei dem schönen Wetter garantiert am Strand auf. Also würde den Ermittlern nichts anderes übrig bleiben, als diese Häuser am Abend noch einmal aufzusuchen.

»Hattest du schon einmal einen solchen Fall, Enno?«

»Nicht, dass ich wüsste. Wenn das Obduktionsergebnis kommt, sind wir hoffentlich schlauer.«

»Auf Täter-DNA an Hauke Clüvers Körper können wir jedenfalls nicht hoffen. Dafür hat der Tote zu lange im Wasser gelegen.«

»Wir sollten die familiären Verhältnisse und das Vermögen der Clüvers genauer unter die Lupe nehmen. Da könnte ein Mordmotiv verborgen liegen.«

»Nina könnte eine erstklassige Zeugin abgeben, wenn sie nur den Mund aufmachen würde«, meinte Mona. »Doch sie fürchtet sich zu sehr vor der Familie, um mit uns zu kooperieren.«

»Eine unmittelbare Tatzeugin ist sie aber nicht«, erinnerte Enno.

Das wusste Mona natürlich auch. Sie wollte trotzdem versuchen, noch einmal mit der Sekretärin zu sprechen. Die Kommissarin hoffte, das Vertrauen der jungen Frau zu gewinnen und sie zu einer Aussage zu bewegen.

Einige Zeit später hatten die Ermittler sich bis zu der Straße vorgearbeitet, die Blanke Fenne heißt. Nachdem sie vergeblich an einige Türen geklopft hatten, traten die Kommissare auf ein kleines Friesenhaus aus rotem Backstein zu, an dessen Vorderfront ein bunter Vogel aus Stroh hing. Enno betätigte den Türklopfer, der die Form eines Tigerkopfes hatte.

»Hier lebt offenbar ein Tierfreund«, meinte Mona.

Wenig später wurde ihnen von einer Frau geöffnet, die schätzungsweise Mitte fünfzig war. Ihre üppige Figur wurde von einem weiten dünnen Batikkleid umspielt, das schwarze Haar war von grauen Strähnen durchzogen.

»Ja, bitte?«

Enno zeigte seinen Dienstausweis, wobei er seinen und Monas Namen nannte.

»Wir suchen nach dieser Person«, ergänzte die Kommissarin. Sie hielt das erkennungsdienstliche Foto von Tim Lange hoch.

Die Frau blinzelte den Ermittlern lächelnd zu.

»Ich muss erst meine Brille holen, bevor ich etwas zu dem Bild sagen kann. Darf ich Ihnen eine Tasse Tee anbieten? Wenn Sie bei der Hitze von Tür zu Tür laufen müssen, können Sie gewiss eine kleine Pause vertragen.«

»Das ist sehr freundlich von Ihnen«, erwiderte Enno.

Die Kommissare folgten der Frau, die sich als Edda Kolk vorstellte, in den kühlen Hausflur. Es roch nach einem süßlichen Parfüm sowie nach Ölfarbe. Die Wände des Korridors waren mit Bildern geschmückt, die zum Teil traditionelle Nordseemotive, meistens aber grelle Farborgien zeigten.

»Ich habe sowieso gerade Tee gekocht«, plapperte Edda Kolk, »und ich freue mich über Besuch.«

Sie ließ Mona und Enno in ihrem gemütlich eingerichteten Wohnzimmer Platz nehmen. Gleich darauf kam sie mit Tee, Tassen und Schokokeksen aus der Küche. Nachdem die Gastgeberin den Tee eingegossen hatte, setzte sie ihre Brille auf und musterte Tim Langes Bild genau.

»Weshalb suchen Sie nach diesem jungen Mann, wenn ich fragen darf?«

»Wir benötigen im Rahmen einer Ermittlung seine Zeugenaussage«, erwiderte Mona in bestem Beamtendeutsch. Sie wollte nicht preisgeben, dass Tim Lange des Mordes verdächtigt wurde. Erstens war seine Schuld noch keinesfalls bewiesen, und zweitens hatte die Kommissarin kein Interesse an einer Panik bei der Bevölkerung.

Edda Kolk wiegte den Kopf.

»Ich bin mir nicht sicher … dabei habe ich als Malerin eigentlich ein gutes Auge für Gesichtszüge.«

»Uns ist schon vor der Haustür aufgefallen, dass Sie Künstlerin sein müssen«, sagte Enno. »Dieser Tigerkopf ist offensichtlich ein Unikat. Ich wette, dass Sie ihn selbst gemacht haben.«

Edda Kolk schenkte dem Oberkommissar ein strahlendes Lächeln.

»Da merkt man sofort, dass Sie ein erfahrener Kriminalbeamter sind. Sie haben den Blick für das Wesentliche, ich bin beeindruckt. Und ich wette, dass Sie den schönen Dingen des Lebens nicht abgeneigt sind.«

Der Ostfriese wurde verlegen. Er machte eine unbestimmte Handbewegung.

»Nun ja …«

»Haben Sie die Person auf dem Bild nun gesehen oder nicht?«

Mit diesen Worten schaltete Mona sich ein. Die Malerin wandte sich ihr zu.

»Leider kann ich Ihnen nicht weiterhelfen, Frau Sander. Ich glaube nicht, dass ich dem jungen Mann schon jemals begegnet bin.«

Das Misstrauen der Kommissarin war erwacht, obwohl sie dafür keinen konkreten Grund hatte. Ihr Bauchgefühl sagte ihr, dass hier etwas nicht stimmte.

»Dürfte ich bitte mal Ihre Toilette benutzen?«

»Selbstverständlich«, gab Edda Kolk zurück. »Sie befindet sich am Ende des Flurs auf der linken Seite.«

Mona stand auf und verließ das Wohnzimmer. Aus dem Augenwinkel bemerkte sie, dass die Künstlerin jetzt wieder nur noch Augen für Enno hatte. Ob sie ernsthaft flirten wollte oder ob es ihr nur darum ging, den Oberkommissar einzulullen?

Sie müsste mit ihrem Künstlerinnenauge eigentlich bemerkt haben, dass Enno einen Ehering trägt, dachte die Kommissarin. Sie bewegte sich leise auf den knarrenden Holzdielen. Ob noch jemand in diesem Haus lebte? Danach hatte Mona die Malerin bisher noch nicht gefragt. Eigentlich drückte ihre Blase gar nicht, sie wollte sich nur unauffällig einen Überblick verschaffen. Und die Gelegenheit war günstig. Die Kriminalistin hörte, dass Edda Kolk kontinuierlich auf Enno einredete. Allzu viel Zeit für eine Erkundungstour blieb allerdings nicht, wenn Mona die Hausherrin nicht misstrauisch machen wollte.

Sie stieß eine angelehnte Zimmertür auf. Der Geruch nach Farben und Terpentin verstärkte sich. Das hier war offenbar das Atelier der Malerin.

Nach Monas Meinung boten die traditionell kleinen Fenster des alten Friesenhauses nicht besonders viel Licht, aber die Produktivität der Künstlerin litt darunter offenbar nicht. An den Wänden lehnten zahlreiche fertige Gemälde, einige von ihnen bereits gerahmt.

Doch am stärksten war die Kommissarin von dem halb fertigen Werk auf der Staffelei beeindruckt. Es handelte sich um ein deutlich erkennbares Motiv, nämlich einen männlichen Akt. Da Mona in ihrem Leben schon öfter einen nackten Mann gesehen hatte, wäre ihr Interesse normalerweise nicht besonders stark gewesen. Obwohl sie zugeben musste, dass das Modell gut gebaut war.

Doch nicht der unbekleidete Körper an sich war es, der die Aufmerksamkeit der Kriminalistin erregte. Das Gesicht des Mannes war nur angedeutet, aber die Tätowierung unter dem Bauchnabel konnte man gut erkennen. Sie stellte einen stilisierten Teufel mit Dreizack dar.

Mona musste nicht lange überlegen, wo ihr so ein Motiv zuletzt untergekommen war. Zu Tim Langes Fallakte gehörte ein Hinweis auf unveränderliche Kennzeichen. Dort war von einem solchen Tattoo die Rede gewesen, die Kollegen hatten sogar ein Foto beigefügt.

Es gab keinen Zweifel mehr.

Tim Lange hatte Edda Kolk noch vor Kurzem Modell gestanden!

Kapitel 10

Monas Gedanken rasten. Sie machte schnell mit ihrem Smartphone ein Foto des halb fertigen Kunstwerks, dann schlich sie hinaus, ging auf die Toilette und betätigte die altertümliche Wasserspülung.

Ob sie die Malerin sofort mit ihrer Entdeckung konfrontieren sollte? Diese Vorgehensweise hätte zu ihrem Temperament gepasst. Doch die Ermittlerin hielt es nicht für erfolgversprechend. Möglicherweise würde Edda Kolk sofort einknicken und gestehen, dass sie Tim Lange zumindest zeitweise bei sich aufgenommen hatte. Doch wenn sie leugnete, würde Mona denkbar schlechte Karten haben. Genau genommen hätte sie sich nämlich in dem Haus gar nicht ohne Einwilligung der Künstlerin umsehen dürfen. Und Edda Kolk konnte behaupten, dass der männliche Akt ausschließlich ihrer Fantasie entsprungen wäre. Wie sollte man ihr das Gegenteil beweisen?

Natürlich durften die Kriminalisten sich bei Gefahr im Verzug auch ohne Durchsuchungsbeschluss in dem Haus umschauen, aber eben nicht heimlich. Und falls der Gesuchte sich nicht mehr dort befand, konnte die Malerin ihn nach einer solchen misslungenen Aktion warnen. Und dann würde es viel schwieriger werden, ihn zu erwischen.

Also musste Mona sich selbst dazu zwingen, die Ahnungslose zu spielen. Sie hoffte, dass es ihr überzeugend gelang. Sie kehrte in das Wohnzimmer zurück, wo Enno ihr einen hilfesuchenden Blick zuwarf.

»Mona, wir müssen jetzt auch weiter. Es gibt im Nahbereich noch mehr als genug Häuser, in denen wir uns nach dem Gesuchten erkundigen müssen.«

Edda Kolks Augen leuchteten, als sie den Oberkommissar anschaute.

»Ich fand unser Gespräch sehr angenehm, Herr Moll. Es passiert mir nicht oft, dass ich einen kunstsinnigen Menschen kennenlerne. Sie können mich jederzeit gern wieder besuchen.«

Obwohl die Hausherrin sich an ihren Kollegen gewandt hatte, legte Mona eine Visitenkarte auf den Tisch.

»Vielen Dank für den Tee, Frau Kolk. Bitte rufen Sie uns an, falls Ihnen noch etwas einfällt. Jede Kleinigkeit kann wichtig sein.«

Nachdem die Ermittler das Haus verlassen hatten, hakte Mona sich bei Enno unter.

»Das mache ich jetzt nur, um die Künstlerin zu ärgern«, raunte sie ihm zu. »Ich wette nämlich, dass sie uns beobachtet.«

»Wie kommst du darauf?«

Die Kommissarin verdrehte die Augen.

»Männer! Hast du nicht bemerkt, wie die Tante dich angebaggert hat? Ich hatte schon erwartet, dass sie auf deinem Schoß sitzt, als ich vom Klo zurückkehrte. Dort bin ich übrigens gar nicht gewesen.«

Enno seufzte.

»Du hast jetzt aber nicht heimlich das Haus durchsucht, oder? Wenn Oltbeck davon Wind bekommt …«

»Hör dir lieber an, was ich herausgefunden habe.«

Mona berichtete von ihrer Entdeckung.

»Nun ergibt alles einen Sinn«, meinte der Oberkommissar. »Ich habe ja nichts dagegen, wenn die Bevölkerung uns freundlich und offen entgegentritt. Aber Frau Kolk war für meinen Geschmack ein wenig *zu* bemüht, Und zwar von Anfang an. Ich weiß, dass ich nicht so ein Frauentyp bin. Wenn eine Dame mir also schöne Augen macht, ist mein Misstrauen sofort geweckt.«

»Du bist glücklich verheiratet, für Birte gibt es außer dir keinen Mann«, erinnerte die Kommissarin ihren Kollegen. »Aber zurück zu unserem Fall. Am liebsten würde ich auf dem Absatz kehrtmachen und das ganze Haus auf den Kopf stellen.«

»Wenn wir Tim Lange dort nicht finden, kommen wir in Teufels Küche«, meinte Enno. »Damit könnte ich leben, aber dank unseres Besuchs ist die Künstlerin jetzt vorgewarnt. Edda Kolk weiß, dass die Polizei nach ihrem männlichen Model sucht. Sie hat uns verschwiegen, dass sie ihn kennt. Also wird sie mit ihm unter einer Decke stecken.«

»Und zwar wahrscheinlich im Wortsinn«, seufzte Mona. »Du hast ja recht. Ich hoffe, dass ich mir nichts anmerken ließ, als ich ins Wohnzimmer zurückkehrte.«

»Mir ist aufgefallen, dass du aufgeregt warst, Mona. Aber ich kenne dich auch besser als die meisten anderen Menschen.«

»Oltbeck erlaubt niemals, dass wir das Haus observieren. Und einen offiziellen Durchsuchungsbefehl werden wir unter diesen Umständen niemals bekommen.«

»Gehen wir mal davon aus, dass Tim Lange sich noch im Haus befindet«, brummte Enno. »Einen anderen Unterschlupf hat er auf Borkum nicht. Oder zumindest keinen, von dem wir wissen. Der Verdächtige sitzt also immer noch dort fest. Und er kann nicht fort, da er nun weiß, dass die Polizei etwas von ihm will.«

»Was schlägst du vor?«

»Niemand kann uns verbieten, hier in unserer Freizeit einen Spaziergang zu machen. Nach Einbruch der Dunkelheit traut sich Tim Lange womöglich auch mal, seine Nase vor die Tür zu stecken. Und dann schnappen wir ihn uns.«

»Das ist wohl wirklich die beste Möglichkeit«, erwiderte Mona. »Wir können es uns jetzt sparen, noch an weitere Türen zu klopfen, schätze ich.«

Enno stimmte zu. Die Ermittler gingen zu ihrem Opel Vectra und fuhren zur Polizeiwache zurück.

Bei der Besprechung mit dem Chef musste Mona sich beherrschen, um nicht von ihrer Entdeckung zu berichten. Sie hatte sich in der Vergangenheit schon öfter Dinge geleistet, die nicht hundertprozentig mit den Dienstvorschriften in Einklang zu bringen waren. Sie wollte den Bogen nicht überspannen. Oltbeck war eigentlich ein umgänglicher Mensch, aber in Monas Augen leider auch ein unbeirrbarer Paragrafenhengst.

Allerdings musste sie sich selbst gegenüber zugeben, dass seine Haltung berechtigt war. Wenn eine Anklage wegen unsauberer Ermittlungsmethoden platzte, profitierte davon letztlich nur eine Person.

Nämlich der Täter.

»Also konnten Sie nichts Neues feststellen?«, vergewisserte der Dienststellenleiter sich. »Die Untersuchungsergebnisse von Kriminaltechnik und Gerichtsmedizin sind übrigens soeben eingetroffen. Frau Smit hat alles auf Ihren Schreibtisch gelegt, Herr Moll.«

Die Kommissare eilten in ihr Zimmer. Enno ließ sich auf seinen Bürostuhl plumpsen. Mona schaute ihm über die Schulter, um gemeinsam mit ihm die Analysen lesen zu können.

Sie traute ihren Augen nicht.

»Wie bitte?! Das Blut an dem Anker stammt nicht von Hauke Clüver?«

»Und nicht nur das«, ergänzte Enno. »Vermutlich ist das Opfer nicht mit einem Faltklappanker verletzt worden, sondern mit einem Bootshaken. Und die Todesursache lautet Ertrinken.«

***

Diese Informationen mussten die Ermittler erst einmal verarbeiten. Mona lehnte sich gegen die Wand hinter Ennos Schreibtisch und stieß langsam die Luft aus den Lungen.

»Immerhin befindet sich eindeutig Blut an dem Anker, Mona. Du hast dich also nicht getäuscht.«

»Dein Optimismus in allen Ehren, aber was bedeuten diese neuen Fakten konkret? Es gibt noch ein zweites Verbrechen, von dem wir keine Kenntnis haben.«

»Oder einen Unfall«, ergänzte der Oberkommissar. »Es muss keine Straftat gegeben haben, nur weil sich Blut an dem Anker befindet.«

»Ist es dann überhaupt noch sinnvoll, nach Tim Lange zu fahnden?«, dachte Mona laut nach. »Womöglich hat er einfach nur seinen blöden Job hingeworfen.«

»Wir sollten auf jeden Fall mit ihm sprechen. Allein schon, weil er während der Nacht von Hauke Clüvers Verschwinden an Bord der Motoryacht gewesen ist.«

»Das stimmt. Ich bin schon ganz durcheinander«, gab Mona zu. »Und warum soll der Anker nicht die Mordwaffe gewesen sein?«

»Hier steht, dass die Wundränder eher zu einem Bootshaken als zu einem Faltklappanker passen würden«, sagte Enno. »Die Kollegen sind sehr gründlich, sie haben wahrscheinlich alles genau abgemessen, die Schlagwinkel bestimmt und so weiter.«

»Ich habe die Wunde nur kurz betrachtet«, gab Mona zu. »Und ich will die Laborergebnisse auch gar nicht anzweifeln. Übrigens haben Bootshaken meist eine Spitze aus Aluminium. Ich glaube nicht, dass man damit einem Menschen eine tödliche Wunde zufügen kann.«

»Das würde ja passen«, sagte Enno. »Womöglich war Clüver nur benommen oder schlimmstenfalls ohnmächtig, als ihn der Bootshaken am Kopf traf. Er stürzte in die Nordsee, wo er ertrank. Die Person, die ihn geschlagen hat, ist in jedem Fall für seinen Tod verantwortlich.«

»Lass uns die Tatwaffe für einen Moment ausklammern«, bat die Kommissarin. »Wer außer Tim Lange könnte ein Motiv für den

Mord an Hauke Clüver haben? Seine Frau? Wir sind uns gewiss einig darüber, dass er mit der jungen Sekretärin fremdging. Vielleicht wollte er sich sogar wegen Nina scheiden lassen.«

»Zumindest könnte er ihr das erzählt haben«, schränkte der erfahrene Kriminalist ein. »Ich habe Clüver nicht persönlich gekannt. Aber ich glaube kaum, dass Nina seine erste Affäre war. Diese Sorte Mann ist immer auf ein Abenteuer aus. Warum sollte seine Gattin plötzlich die Nerven verlieren, nachdem sie sich jahrelang sein Verhalten bieten ließ?«

»Ihr könnte der Kragen geplatzt sein«, schlug Mona vor. »Doch solange wir nichts Genaueres wissen, erscheint mir das Motiv etwas schwach zu sein. Was ist mit dem Sohn und der Schwiegertochter?«

»Wir sollten beide getrennt voneinander befragen, um uns ein besseres Bild zu machen«, sagte Enno. »Übrigens gehe ich von einer Tat im Affekt aus. Ein Bootshaken ist eine denkbar ungeeignete Waffe, viel zu unhandlich und in der Wirkung zu schwach. Mit einem Klappanker kannst du einen Mord begehen, mit einem Bootshaken eher nicht. Vermutlich hat der Täter oder die Täterin zum nächstbesten Gegenstand gegriffen, der gerade in der Nähe lag.«

»Ja, so wird es gewesen sein.« Mona schnippte mit den Fingern. »Lies bitte noch mal die Textpassage mit der Wundbeschaffenheit vor.«

Enno rückte seine Brille zurecht.

»Die Platzwunde am Hinterkopf wurde dem Opfer mit einem Bootshaken oder einem vergleichbaren Gegenstand zugefügt, wobei zwei oder drei Mal mit der Waffe auf den Schädel eingewirkt wurde, was entsprechende Spuren auf der Kopfhaut hinterließ.«

»Bei einer Platzwunde tritt ziemlich viel Blut aus«, stellte die Kommissarin fest. »Es müsste doch möglich sein, Reste dieses Blutes an Bord der Persephone C kriminaltechnisch nachzuweisen.«

»Ja, wenn der Kahn nicht gerade mit Bleichmittel geschrubbt wurde. Das ist nicht schlecht, Mona. So könnten wir zumindest beweisen, dass die Straftat auf der Yacht stattgefunden hat. Allerdings wird die Familie immer noch versuchen, Tim Lange als Sündenbock abzustempeln.«

Die Ermittlerin nickte.

»Ich hatte ja schon befürchtet, dass der Matrose ebenfalls tot wäre. Er schien aber quicklebendig gewesen zu sein, als er deiner neuen Freundin Modell gestanden hat.«

»Lass das nicht Birte hören, Edda Kolk ist nicht meine Freundin«, brummte Enno.

»Ich mache doch nur Spaß«, erwiderte Mona. »Eine KTU-Untersuchung des Bootes wird der Chef veranlassen müssen.«

Und wirklich erklärte Oltbeck sich bereit, ein Kriminaltechnikerteam aus Oldenburg anzufordern, als die Ermittler wenig später wieder zu ihm gingen.

»Haben die Berichte Ihnen weiterhelfen können?«

Diese Frage hatte Mona schon erwartet. Sie atmete tief durch, bevor sie antwortete.

»Es sieht ganz danach aus, als ob es noch ein weiteres Verbrechen gegeben hätte.«

Nachdem sie diesen Satz genauer erklärt hatte, legte der Dienststellenleiter seine Stirn in tiefe Sorgenfalten.

»Hier wurde jedenfalls während der letzten Tage keine Gewalttat zur Anzeige gebracht. Womöglich gibt es auch eine harmlose Erklärung dafür, dass sich an dem Anker Blut befand. – Steht überhaupt fest, dass es von einem Menschen stammt?«

»Das sagt zumindest die kriminaltechnische Analyse«, erklärte Enno.

Oltbeck verschränkte die Finger seiner Hände ineinander.

»Suchen Sie weiterhin nach diesem Tim Lange, ich will seine Version von den Ereignissen an Bord der Persephone C hören. Was ist das überhaupt für ein blöder Name?«

»Ich habe nachgeschlagen. Persephone war in der antiken griechischen Mythologie eine Göttin des Todes, der Unterwelt, aber auch der Fruchtbarkeit«, sagte Mona. »Und ich vermute, dass das C für Clüver stehen soll. Da wollte wohl jemand mit seiner klassischen Bildung angeben. Oder sich einfach von all den Yachten abheben, die *Sturmmöwe* oder *Albatros* heißen.«

Oltbeck winkte ab.

»Meinetwegen. Finden Sie Lange, dann sehen wir weiter. Und dieser Anker hat überhaupt keine Priorität mehr, denn er ist ja offenbar nicht die Mordwaffe.«

Zumindest, bis wir eine weitere Leiche finden, dachte Mona. Doch sie war ausnahmsweise diplomatisch genug, um ihren Schnabel zu halten.

Kapitel 11

Mona hatte sich mit Enno nach Einbruch der Dunkelheit Ecke Blanke Fenne/Johann-Calvin-Straße verabredet. Von dort aus war es nur noch ein Katzensprung bis zum Haus der Malerin.

Die Kommissarin zerbrach sich den Kopf über Edda Kolk. Ob die ältere Frau schon mit Tim Lange verbandelt gewesen war, bevor er bei ihr einen Unterschlupf suchte?

Im Grunde spielte es keine Rolle. Doch warum hatte der Matrose seinen Arbeitsplatz einfach im Stich gelassen, ohne sich abzumelden oder auch nur seine Papiere haben zu wollen? Von einem Zeugnis ganz zu schweigen. Bisher war Mona davon ausgegangen, dass er entweder der Mörder seines Chefs war oder dass man ihm die Tat zumindest in die Schuhe schieben wollte. Den Anker hatte sie für ein dilettantisch platziertes Indiz gehalten, um Tim Lange schuldig erscheinen zu lassen.

Allerdings konnte er Hauke Clüver wirklich umgebracht haben, wenn auch mit einem Bootshaken. Einen Grund für sein Verschwinden musste es jedenfalls geben. Mona schwirrte der Kopf. Sie blickte hinüber zu den grünen Weiden und genoss die Ruhe in diesem Teil der Insel. Es war ein schöner Abend, der durch einen spektakulären Sonnenuntergang über der Nordsee eingeleitet worden war. In solchen Nächten fiel es Mona leicht, wach zu bleiben. Die Ermittlerin trug Jeans und eine Windjacke, denn nachts konnte es auch im Sommer manchmal kalt werden. Besonders, wenn der Wind so stark wehte wie heute.

In ihren ersten Jahren auf Borkum hatte Mona sich an die fast ständig vorhandene Brise erst gewöhnen müssen. Inzwischen wurde sie unruhig, wenn völlige Flaute herrschte. Es kam ihr beinahe unnatürlich vor.

Der Autoverkehr ruhte. Es gab ohnehin wenige Menschen, die auf der Insel mit einem Pkw unterwegs waren. Mona hörte nur das Klappern eines Fahrrad-Schutzblechs, als eine hochbetagte Dame langsam an ihr vorbeifuhr und freundlich grüßte.

Wenig später ertönten schwere Schritte, und sie bemerkte Ennos imposante Gestalt.

»Ich habe mich auf eine lange Nacht eingestellt«, verkündete der Oberkommissar, indem er auf seine Umhängetasche klopfte. »Zumindest verdursten werden wir nicht.«

»Hat Birte dir einen steifen Tee gebraut?«

»Ja, in der Thermoskanne ist genug für uns beide. Und ein paar Brote hat sie uns auch gemacht.«

Mona musste ein Schmunzeln unterdrücken. Sie konnte sich lebhaft vorstellen, was Ennos Frau unter *ein paar Broten* verstand. Birte schien zu befürchten, dass Mona verhungern würde. Jedes Mal, wenn die beiden Frauen aufeinandertrafen, marschierte Mona mit einem üppig gefüllten Magen heim. Birtes Kochkünsten konnte auch sie nicht widerstehen.

Die Ermittler schlenderten langsam am Haus der Malerin vorbei. Die Straßenbeleuchtung kam kaum gegen die tintenschwarze Dunkelheit an. Da Mona öfter nachts auf der Insel unterwegs war, hatte sie sich an die Finsternis schon gewöhnt. Sie konzentrierte sich auf das Gebäude. Es sah so aus, als ob Edda Kolk daheim wäre. Die Fensterläden waren allerdings geschlossen, man konnte nur schmale Lichtbalken erkennen.

»Ich wüsste zu gern, was da drin jetzt vor sich geht«, raunte Mona ihrem Kollegen zu.

»Wir werden uns in Geduld üben müssen. Womöglich passiert heute Nacht überhaupt nichts.«

»Mal den Teufel nicht an die Wand«, erwiderte sie.

Ennos Satz erschien der Kommissarin immer stärker als sich selbst erfüllende Prophezeiung, je mehr Zeit verstrich. Die Ermittler nutzten die Finsternis wie einen Tarnumhang, bewegten sich stets außerhalb der Lichtkegel von Straßenlaternen und blieben der Helligkeit fern, die aus den Fenstern der Häuser nach draußen fiel. Als es Mitternacht wurde, hatte Mona eiskalte Füße. Entsprechend schlecht war ihre Stimmung.

Verschwendeten sie hier nur ihre Freizeit? War Tim Lange womöglich schon längst über alle Berge?

Da hörte sie plötzlich ein lautes Knarren. In der Nachtstille erschien das Geräusch besonders laut.

»Was war das?«, wisperte sie Enno zu.

»Könnten die schlecht geölten Scharniere einer Tür sein. Lass uns zu Edda Kolks Haus zurückkehren.«

Die Kriminalisten befanden sich nämlich momentan am südlicheren Ende der Straße. Ob die Künstlerin oder ihr junges Modell türmen wollte? Oder war das Knarzen gar nicht aus dieser Richtung gekommen?

Doch als sie sich dem kleinen Friesenhaus näherten, bemerkten sie eine dunkle Gestalt. Sie bewegte sich von den Ermittlern weg.

Ob es sich um den Verdächtigen handelte?

Noch hatte der Unbekannte die Ermittler nicht bemerkt. Sie beschleunigten ihre Schritte. Er ging mit großen Schritten auf die Ostfriesenstraße zu. Immerhin war er zu Fuß unterwegs. Mit einem Fahrrad hätte er viel leichter entkommen können. Die Kommissare versuchten, zu ihm aufzuschließen. Doch nun musste er ihre Schritte gehört haben. Er drehte sich abrupt um.

»Polizei! Allgemeine Personenkontrolle!«, rief Mona. Sie wollte den Kerl auf keinen Fall entkommen lassen. Die Worte waren kaum über ihre Lippen gekommen, als die Gestalt zu laufen begann. Die Kommissarin nahm sofort die Verfolgung auf. Ihr war vollkommen klar, dass Enno nicht so schnell rennen konnte. Dafür hatte er andere Qualitäten. Er kannte die Insel wie seine Westentasche. Der Ostfriese verfügte über ein Orientierungsvermögen, das jeder Fledermaus alle Ehre gemacht hätte. Oft schien er zu ahnen, wohin sich ein Verdächtiger absetzen wollte. Dann nahm der Oberkommissar eine Abkürzung und wartete bereits auf den Ganoven, der sich schon in Sicherheit wähnte.

»Stehen bleiben!«

Der Unbekannte ignorierte Mona, aber sie hatte auch nichts anderes erwartet. Durch ihr regelmäßiges Joggen war sie gut in Form und hatte keine Probleme, dem Flüchtenden zu folgen. Er rannte zur Richthofenstraße hinüber. Ob er ein bestimmtes Ziel hatte oder einfach nur die Kommissarin abhängen wollte?

Auf jeden Fall erreichte er nun die Hindenburgstraße. Mona vermutete, dass der Flüchtende zum Inselcampingplatz wollte, um sich zwischen den Wohnwagen zu verstecken. Doch stattdessen schlug er einen Haken, überquerte die Fahrbahn und bewegte sich nun auf den Alten Wasserturm zu.

Dahinter begann das unübersichtliche Gebiet der Norddünen, wo es kaum Lichtquellen gab. Dort hatte der Verdächtige eine reelle Chance, seine Verfolgerin abzuschütteln.

Mona musste ihn stoppen, bevor er dorthin gelangte. Sie legte einen Zwischensprint ein und konnte den Unbekannten endlich erreichen. Sie sprang ihn an. Daraufhin verlor er das Gleichgewicht, ging zu Boden. Und Mona mit ihm, da sie ihn nicht losließ.

»Lass mich, du Biest!«, keuchte er mit rauer Stimme.

»Geben Sie auf, Lange«, fauchte Mona. Sie versuchte, ihm den rechten Arm auf den Rücken zu drehen. Natürlich wusste sie nicht, ob es sich bei dem Mann wirklich um den Gesuchten handelte. Es war so finster, dass sie sein Gesicht unmöglich erkennen konnte.

Doch als sein Name fiel, zuckte er zusammen. Oder bildete sie sich das nur ein? Er versuchte, sie mit allen Mitteln abzuschütteln, schlug und trat um sich. Doch Mona war zäh. Sie hatte jetzt die Chance, ihren Fall voranzubringen. Dafür nahm sie auch ein paar blaue Flecken in Kauf.

Monas Widersacher bekam ihre Haare zu fassen und schlug ihren Kopf gegen den Boden. Daraufhin wurde ihr kurz schwarz vor Augen, aber sie ließ immer noch nicht los.

Plötzlich flammte eine Taschenlampe auf. Eine vertraute Stimme ertönte.

»Tim Lange, Sie sind verhaftet!«

Es war Enno, der den Flüchtenden und Mona nun endlich eingeholt hatte. Mona war von dem grellen Licht geblendet. Doch sie hörte das vertraute Klicken der Handschellen, die ihr Kollege nun dem Verdächtigen anlegte. Dann wandte Enno sich an sie: »Bist du verletzt, Mona? Soll ich einen Krankenwagen rufen?«

Sie rappelte sich vom Boden auf.

»Mir fehlt nichts, Unkraut vergeht nicht. Ich hole schnell den Wagen, dann verschaffen wir Herrn Lange eine gesegnete Nachtruhe in unserer Arrestzelle.«

Der Oberkommissar hielt nämlich den Lichtstrahl seiner Taschenlampe weiterhin auf das Gesicht des Verhafteten gerichtet. Daher konnte Mona sehen, dass sie wirklich den Richtigen erwischt hatten.

Tim Lange schien durch seine Flucht und den kurzen Zweikampf mit der Kommissarin erschöpft zu sein. Zumindest hielt er momentan den Mund. Mona hoffte nur, dass er beim späteren Verhör gesprächiger sein würde.

Kapitel 12

Ein leichter Nieselregen zog über die Insel, als Mona pünktlich zum Dienstbeginn am nächsten Morgen die Polizeistation betrat. Auch Polizeimeisterin Grietje Smit war bereits auf ihrem Posten. Sie nickte der Kommissarin zu und gähnte ungeniert.

»Moin. Soll dieser Lange jetzt eigentlich bei uns zum Dauergast werden?«

Mona war an die lockeren Sprüche ihrer Kollegin gewöhnt. Doch diesmal war ihr schleierhaft, was Grietje meinte.

»Du sprichst in Rätseln.«

»Ist das so schwer zu kapieren? Wir haben den Knaben zuletzt Sonntagabend eingebuchtet, und jetzt ist er schon wieder hier. Am besten schaffen wir uns mal eine Drehtür an.«

Mona fiel aus allen Wolken.

»Wie war das?«

Grietje verdrehte die Augen.

»Ich wollte nur einen Witz machen. Eine Drehtür, weil …«

»Ich weiß, was eine Drehtür ist!«, fauchte Mona. »Dir ist schon klar, dass wir seit gestern mit Hochdruck nach Tim Lange gefahndet haben, oder?«

»Na und?« Die Polizistin zuckte mit den Schultern. »Wir haben den Typen Montagmorgen laufen lassen, weil er wieder nüchtern war. Die Fahndung ging ja erst später raus.«

»Und du hast es nicht für nötig gehalten, mich über Langes Inhaftierung zu informieren? Er ist eines Mordes verdächtig, der Sonntagnacht stattgefunden hat.«

»Woher soll ich das wissen? In der Fahndungsmeldung stand davon nichts. Es hieß nur, dass der Gesuchte womöglich gewaltbereit und bewaffnet ist.«

»Weshalb habt ihr Lange am Sonntag überhaupt eingebuchtet?«

»Er hat in der Nordsee Kombüse randaliert und war kaum zu bändigen. In unserer Luxussuite wurde er dann ruhiger und machte sich am Montagmorgen lammfromm aus dem Staub.«

Diese Neuigkeiten musste Mona erst einmal sacken lassen.

»Na schön, Grietje. Könntest du Lange bitte in den Verhörraum bringen, nachdem er sich den Morgenkaffee und deine Jagdwurstschnitten einverleibt hat?«

»Dein Wunsch ist mir Befehl«, gab die Polizeimeisterin augenzwinkernd zurück.

Mona ging zu ihrem Dienstzimmer hinüber. Woher hätte Grietje wissen sollen, dass Tim Lange einer Straftat beschuldigt wurde, die Sonntagnacht stattgefunden hatte? Natürlich hätte die Kommissarin auch auf eigene Faust checken können, wer während dieser Zeit in der Arrestzelle gesessen hatte. Aber man konnte schließlich nicht an alles denken.

Enno saß schon auf seinem Bürostuhl und trank Tee.

»Lange hat für den Mord an Hauke Clüver ein wasserdichtes Alibi«, sagte sie zur Begrüßung.

Der Ostfriese hob seine Augenbrauen und schaute sie fragend an. Daraufhin erklärte Mona, was sie soeben von ihrer uniformierten Kollegin erfahren hatte.

»Immerhin können wir nun einen Verdächtigen definitiv von unserer Liste streichen«, sagte Enno.

»Dein Optimismus in allen Ehren, aber ich sehe bei dieser Mordermittlung allmählich schwarz«, stöhnte Mona. »Tim Lange war also gar nicht an Bord, als sein Chef starb. Und wenn die Mutter, der Sohn und die Schwiegertochter wie Pech und Schwefel zusammenhalten, werden wir wohl niemandem den Mord nachweisen können.«

»So weit sind wir noch nicht«, entgegnete Enno. »Hauke Clüver wird sich den Bootshaken wohl kaum selbst über den Schädel gezogen haben. Außerdem muss es einen Grund dafür geben, dass der Matrose sich bei der Malerin verkrochen hat. Er wird also auf jeden Fall etwas zu verbergen haben. Und wenn er schlau ist, wird er uns gegenüber seine Karten auf den Tisch legen. Dadurch kann er seine Lage nur verbessern.«

Mona schaute ihren Kollegen lange an, bevor sie wieder etwas sagte.

»Wird man automatisch altersweise, wenn man so lange im Dienst ist wie du?«

Enno schmunzelte.

»Altersweise? Meine Frau nennt mich stur. Meinst du, dass wir uns Lange schon vorknöpfen können?«

Bevor Mona antworten konnte, riss Grietje die Tür auf. Wie üblich ohne anzuklopfen.

»Der Verdächtige wartet jetzt sehnsüchtig auf eine Plauderei mit euch.«

Die Ermittler gingen in den Verhörraum hinüber. Mona hatte in der vergangenen Nacht bei Dunkelheit mit ihm gekämpft. Sie kam erst jetzt dazu, Tim Lange genauer in Augenschein zu nehmen. Enno hatte nämlich darauf bestanden, dass sie nach Hause fuhr und sich ausschlief, während er den Festgenommenen zur Polizeiwache schaffte. Und sie hatte sich darauf eingelassen, weil die Verfolgungsjagd und die Rauferei ziemlich kräftezehrend gewesen waren.

Lange wirkte übernächtigt. Vermutlich hatte er in der Arrestzelle nicht allzu viel Schlaf gefunden. Er trug eine blaue Arbeitshose, schmutzige Turnschuhe und ein graues Sweatshirt, dessen Ärmel hochgeschoben waren und sehnige tätowierte Unterarme enthüllten.

Enno stellte sich und Mona noch einmal vor und belehrte Lange über seine Rechte, doch dessen Blick ruhte nur auf Mona.

»Sie sind ja noch kleiner, als ich Sie in Erinnerung habe«, murmelte er. »Kaum zu glauben, dass Sie mich niederringen konnten.«

»Es kommt eben nicht immer auf die Größe an«, gab die Kommissarin trocken zurück. »Wissen Sie überhaupt, warum wir Sie verhaftet haben?«

»Weil ich mit dem Geld vom alten Clüver abgehauen bin? Das war wohl nicht sehr clever von mir. Aber ich habe es einfach nicht mehr ausgehalten.«

»Frau Clüver hatte Sie im Verdacht, in die Bordkasse gegriffen zu haben«, erklärte Mona. »Sie geben diesen Diebstahl also zu?«

»Ja, das hab ich doch gerade gesagt.«

Die Kommissarin beugte sich vor.

»Haben Sie gar nicht mitgekriegt, dass Hauke Clüver ermordet wurde?«

Der Matrose riss die Augen auf. Erst jetzt schien er richtig wach zu sein, zuvor hatte er auf die Kriminalistin einen dösigen Eindruck gemacht.

»Der Alte ist tot? Damit habe ich nichts zu tun!«

»Wir hatten Sie im Verdacht«, gab Mona zu. »Allerdings starb Ihr Chef Sonntagnacht, und da waren Sie nebenan in unserer Arrestzelle. Frau Clüver ist hingegen davon ausgegangen, dass Sie während des nächtlichen Bootsausflugs an Bord waren.«

Lange kniff die Augen zusammen.

»Das hat sie gesagt? Echt? Ich war noch nie so froh darüber, dass die Bullen mich eingebuchtet haben.«

Nun schaltete Enno sich in das Zwiegespräch ein.

»Es wäre gut, wenn Sie uns aus Ihrer Sicht erzählen, was am Sonntag geschehen ist. Wenn Sie uns bei der Aufklärung des Mordes helfen, kann sich das auf Ihr Strafmaß bei der Diebstahlgeschichte positiv auswirken. Meine Kollegin und ich werden dem Richter jedenfalls sagen, dass Sie sehr kooperativ waren.«

Der Matrose zuckte mit den Schultern.

»Irgendjemand muss den Alten ja umgebracht haben. Eigentlich war es nur eine Frage der Zeit, bis es in dieser Familie mal knallen musste.«

»Wie meinen Sie das?«, hakte Mona nach.

»Die sind sich doch alle gegenseitig spinnefeind. Frau Clüver ist sauer, weil der Alte sich ständig mit seiner Sekretärin vergnügt hat. Herr Clüver hielt seinen Sohn für einen Versager und hat es ihn bei jeder Gelegenheit spüren lassen. Die Schwiegertochter konnte es kaum abwarten, bis der Alte endlich in den Ruhestand ging und ihr Kerl in der Firma das Zepter schwingen durfte. Und Herr Clüver war der Meinung, dass die ganze Familie sich auf seine Kosten einen lauen Lenz machen würde.«

Eine reizende Sippe, dachte die Kommissarin. Sie fragte: »Wussten Sie von dem geplanten Mondscheintörn am Sonntag?«

»Ja, und ich hatte darauf überhaupt keine Lust. Mein Job hing mir sowieso schon zum Hals heraus. Also schnappte ich mir das Geld aus der Bordkasse und genehmigte mir in der Nordsee Kombüse ein paar Drinks.«

»Und dieser Abend endete dann für Sie in unserer Ausnüchterungszelle«, stellte Mona trocken fest. »Doch warum haben die Clüvers angenommen, dass Sie auf der Yacht gewesen wären?«

»Wahrscheinlich, weil es so vorgesehen war. Verstehen Sie, ich habe mich ja nicht bei meinen Chefs abgemeldet. Ich schnappte mir in einem unbeobachteten Moment das Geld und machte mich aus dem Staub. Offenbar hat in dem Moment niemand mein Verschwinden bemerkt.«

Die Kriminalistin dachte über diese Aussage nach. Es konnte durchaus sein, dass Tim Lange die Wahrheit sagte. Arne Clüver hatte ja angeblich am Ruder gestanden und angenommen, dass der

Matrose in der Kabine sei. Dort hingegen hielten sich Monika und Carola Clüver auf, die Tim Lange an Deck vermuteten.

Doch wer von den dreien hatte das Opfer getötet?

Mona stellte diese Frage zunächst zurück.

»Schön, Sie blieben also an Land und hatten Ihren Spaß. Frau Clüver sagte aus, dass Sie am Montagmorgen mit dem Rad zum Einkaufen gefahren seien. Also sind Sie an dem Morgen der Familie noch begegnet?«

»Nee, bin ich nicht. Nachdem ich von Ihren Kollegen aus dem Arrest entlassen wurde, fuhr ich mit der Inselbahn zum Hafen zurück. Ich hoffte nämlich, dass die Persephone C noch auf hoher See wäre.«

»Warum hofften Sie das?«

»Weil ich das Fahrrad auch noch klauen wollte«, gab der Matrose freimütig zu. »Es steht am Yachthafen, und ich habe den Schlüssel des Radschlosses.«

»Frau Clüver erzählte uns, dass Sie mit dem Rad zum Einkaufen gefahren seien«, erinnerte die Kommissarin. »Also müssen Sie ihr begegnet sein.«

»So war das nicht, Frau Sander. Ich wurde *jeden Montag* morgens zum Einkaufen in den Ort geschickt. Als ich beim Hafen eintraf, befand sich die Yacht bereits wieder an ihrem Liegeplatz. Doch es sah ganz danach aus, dass an Bord alle noch pennen würden. Ich riskierte es, das Rad mitgehen zu lassen. Ich düste damit die Reedestraße hoch, bis ich einen Unfall baute. Das Hinterrad war total verbogen, also ließ ich die Mühle einfach liegen.«

»Was geschah dann?«, wollte Enno wissen.

»Ich stromerte durch die Umgebung, als mich plötzlich eine Frau grüßte. Ich kannte sie überhaupt nicht. Sie saß in ihrem kleinen Garten und trank Tee. Sie machte mir schöne Augen. Mir war sofort klar, dass sie auf junge Kerle stand. Na ja, und eigentlich gefiel sie mir auch. Obwohl ich eigentlich nicht auf ältere Semester stehe.«

»Und außerdem brauchten Sie einen Unterschlupf, denn Sie hatten ja zuvor auf der Yacht gewohnt«, stellte Mona ironisch fest.

»Das klingt so, als ob ich Edda ausgenutzt hätte. So war das aber nicht. Sie wollte mich unbedingt malen. Haben Sie schon mal Modell gestanden, Frau Sander? Das ist ganz schön anstrengend, das können Sie mir glauben.«

»Ich werde Sie bei Gelegenheit bedauern«, behauptete die Kommissarin. »Hatten Sie ein Verhältnis mit Frau Kolk?«

Der Matrose grinste frech.

»Sind Sie neidisch? Ja, Edda und ich verstehen uns gut. Sie hat mir den Rücken freigehalten.«

»Meinen Sie damit, dass sie uns gegenüber geleugnet hat, Sie zu kennen?«

»Edda ist der Meinung, dass ich nicht wegen der paar Euro schon wieder eingesperrt werden muss. Ich habe ihr erzählt, wie mies mein letzter Aufenthalt hinter Gittern war.«

Das konnte Mona sich lebhaft vorstellen. Ihrer Meinung nach war Tim Lange nicht besonders hell im Kopf, unter einem raffinierten Kriminellen stellte sie sich jedenfalls etwas anderes vor. Trotzdem war es ihm gelungen, die Malerin für sich einzunehmen und zu manipulieren.

»Gut, Sie und Frau Kolk waren also ein Herz und eine Seele«, sagte die Kommissarin. »Doch warum sind Sie dann mitten in der Nacht durch ein Fenster getürmt?«

Enno ergänzte: »Wir haben fünfhundert Euro bei Ihnen sichergestellt. Haben Sie das Geld der Frau gestohlen?«

»Nee, die Kohle stammt aus der Bordkasse. Sie können Edda ja fragen, wenn Sie mir nicht glauben. – Ich bin abgehauen, weil ich nicht mehr rund um die Uhr in der Bude hocken konnte. Da wird man ja rammdösig im Kopf. Ich wollte runter zum Strand, mal wieder den Wind hören und den Sand unter meinen Füßen spüren.«

Das waren Gründe, die Mona sehr gut nachvollziehen konnte. Als Polizistin auf Borkum war sie oft an der frischen Luft, die Stunden am Schreibtisch und im Auto hielten sich glücklicherweise in Grenzen. Auch in ihrer Freizeit ging sie gerne laufen und hielt sich öfter am Strand oder zwischen den Dünen als in ihrer kleinen Wohnung auf.

Enno beugte sich vor und schaute Tim Lange in die Augen.

»Sie haben uns von dem Unfrieden in der Familie erzählt. Wem würden Sie denn am ehesten zutrauen, Hauke Clüver getötet zu haben?«

Der Matrose kratzte sich am Kopf, er legte seine Stirn in Falten. Es dauerte etwas, bis die Ermittler eine Antwort bekamen.

»Ich will niemanden beschuldigen, aber ich tippe auf seine Frau. Monika Clüver kann verdammt unangenehm werden, wenn man ihr in die Quere kommt. Sie hat Haare auf den Zähnen, vor ihren giftigen Sprüchen ist niemand sicher. Wahrscheinlich fühlte sie sich echt gedemütigt, weil ihr Mann diese Nina Michels als Betthäschen hatte. Es muss für Monika Clüver echt hart gewesen sein, dass die Sekretärin an den Yachtreisen teilnehmen durfte!«

Kapitel 13

Die Kommissare hatten für den Moment genug gehört. Mona stellte noch eine letzte Frage.

»Haben Sie eigentlich einen Anker bemerkt, als Sie am Montagmorgen auf der Reedestraße unterwegs waren?«

Der Matrose schaute sie an, als ob sie den Verstand verloren hätte.

»Wo soll denn da ein Anker gewesen sein?«

Sie beschrieb die Stelle.

»Ach, bei dem Deich? Kann sein, dass da irgendwas im Gras gelegen hat. Ich habe nicht darauf geachtet. Ehrlich gesagt war ich noch ziemlich verkatert, weil ich Sonntagnacht so tief ins Glas geschaut hatte.«

Die Ermittlerin hatte Tim Langes Erklärungen in den Computer getippt, während er befragt wurde. Nun druckte sie das Verhörprotokoll aus. Der Matrose unterschrieb die DIN-A-4-Blätter, nachdem er sie überflogen hatte. Dann durfte er gehen.

»Wegen des Diebstahls und des Widerstands gegen Vollstreckungsbeamte bekommen Sie Post von der Staatsanwaltschaft«, sagte Enno zum Abschied.

Tim Lange hob gleichmütig die Schultern.

»Beim nächsten Mal werde ich besser aufpassen.«

»Nach einem reumütigen Sünder klang das nicht gerade«, meinte Mona, als sie wieder mit ihrem Kollegen allein war. »Ob Monika Clüver ihren Ehemann wirklich auf dem Gewissen hat?«

»Das Mordmotiv wäre zumindest einleuchtend. Die ganze Familie wusste, dass der Vater mit seiner Sekretärin herumturtelt. Und dann bringt er sie auch noch mit an Bord.«

Mona schnippte mit den Fingern.

»Ja, aber dieses eine Mal nicht! Warum ist die Yacht schon ausgelaufen, bevor Nina Michels auf Borkum eintraf? Der Katamaran von Emden aus hatte keine Verspätung, soweit ich weiß. Also mussten die Clüvers wissen, um welche Uhrzeit mit ihr zu rechnen war.«

»Ob das Schiff wirklich pünktlich war, lässt sich durch einen Anruf bei der Reederei klären«, sagte der wuchtige Ostfriese. »Ich frage mich, warum Hauke Clüver es zuließ, dass die Persephone C ohne seine Geliebte den Hafen verließ. Er hatte sie ja offenbar eingeladen.

Und dann stand sie plötzlich auf der Mole wie bestellt und nicht abgeholt.«

»Du hast recht, das ist nicht logisch. Vielleicht hat seine Frau ihn angelogen und behauptet, dass Nina Michels verhindert wäre.«

»Warum hätte Clüver ihr glauben sollen? An seiner Stelle hätte ich direkt Kontakt mit der Sekretärin aufgenommen«, meinte Enno. »Bevor wir weiter Ratespiele veranstalten, sollten wir die Witwe zu diesem Punkt noch einmal befragen.«

Die Ermittler meldeten sich ab, stiegen in ihren Opel Vectra und fuhren zum Yachthafen. Die Persephone C befand sich an ihrem Liegeplatz. Frau Clüver hatte es sich auf dem Sonnendeck bequem gemacht. Sie trug nur einen blauen Badeanzug, nippte an einem Cocktail und las einen Krimi. Die Witwe blickte auf, als Mona und Enno an Bord der Yacht kamen.

»Ah, Sie schon wieder. Gibt es Neuigkeiten zum Tod meines Mannes? Wird die Leiche endlich für die Beerdigung freigegeben?«

»Sie können sich wegen der Details an das gerichtsmedizinische Institut in Oldenburg wenden«, antwortete die Kommissarin. »Wir möchten heute mit Ihnen noch einmal über die Bootstour am Sonntag sprechen.«

Da die Witwe eine große Sonnenbrille auf der Nase hatte, konnte Mona ihr Mienenspiel nur teilweise beobachten. Monika Clüver bemühte sich offenbar, möglichst emotionslos zu wirken.

War das eine Fassade oder empfand sie wirklich kaum etwas? Die Ermittlerin war sich unschlüssig, was diese Frage anging.

»Was genau wollen Sie denn wissen, Frau Sander? Wir haben doch schon alles ausgesagt, was es darüber zu berichten gibt.«

»War Ihnen bekannt, dass Nina Michels an dem Mondscheintörn teilnehmen sollte?«

»Nein, aber es hätte mich nicht gewundert. Mein Mann hatte sein Betthäschen immer gern dabei.«

Die Kommissarin hob die Augenbrauen.

»Ihnen ist also bekannt, dass Ihr Mann eine Affäre mit seiner Sekretärin hatte?«

»Ich bin ja nicht von gestern. Nina war nicht Haukes erste Gespielin. Und sie wäre nicht die letzte gewesen, wenn sein Tod ihm keinen Strich durch die Rechnung gemacht hätte.«

»Sie geben diese Sätze so ruhig von sich, als ob Ihnen dieser Vertrauensbruch nichts ausmachen würde.«

Die Witwe zuckte mit den Schultern.

»Erwarten Sie von mir, dass ich mir vor Ihnen die Haare raufe und ausraste? Da muss ich Sie enttäuschen. Hauke und ich haben nicht aus Liebe geheiratet. Unsere Eltern waren der Meinung, dass die Verbindung unserer Familien für alle Seiten einträglich sein könnte. Und diese Annahme hat sich bewahrheitet. Mein Vater hat in Haukes Unternehmen investiert, und das bereut er gewiss nicht. Man kann gegen meinen Gatten sagen, was man will – aber er ist ein ausgezeichneter Geschäftsmann. Er hat immer erstklassig für unseren Sohn und für mich gesorgt. Vor diesem Hintergrund konnte ich ihm seine erotischen Eskapaden verzeihen.«

Nach Monas Meinung klang das zu schön, um wahr zu sein. Auf jeden Fall war Frau Clüver nicht dumm. Ihr musste klar sein, dass sie unter Mordverdacht stand. Also versuchte sie, die Untreue ihres Ehemanns als Kleinigkeit abzutun.

Die Kommissarin hakte nach.

»Sie wussten also, dass Nina Michels an der Fahrt teilnehmen wollte. Und sie legten trotzdem ohne die Sekretärin ab?«

»Nein, das haben Sie missverstanden. Ich wusste nicht, dass Nina an Bord sein sollte. Ich nahm es nur an. Nur, weil ich die Liebeleien meines Mannes geduldet habe, muss ich mich doch nicht um das Wohlergehen seiner kleinen Bettmaus sorgen. Sie hat es eben nicht geschafft, rechtzeitig zu erscheinen. Als wir gegen Mitternacht in den Hafen zurückkehrten, stand sie da wie ein begossener Pudel. Mein Mitleid hielt sich in Grenzen, wie Sie sich denken können.«

Mona nickte und machte sich eine Notiz.

»Wussten Sie, dass Tim Lange ebenfalls nicht an Bord war?«

»Woher wollen Sie das wissen?«, fragte die Witwe zurück.

»Wir hatten Ihren Matrosen Sonntagnacht im Polizeigewahrsam«, erklärte Enno.

»Davon war mir nichts bekannt«, behauptete Frau Clüver.

»Sie sind nicht sehr glaubwürdig«, sagte die Kommissarin ihr auf den Kopf zu. »Die Yacht läuft aus, und Sie können weder von Ihrem Ehemann noch von Tim Lange sagen, ob sie auf der Persephone C waren?«

»Ich hatte eine Migräneattacke und habe die meiste Zeit in meiner Koje gelegen. Und da weder mein Gatte noch der Matrose meine Hand gehalten haben, kann ich zu ihrem Verbleib leider nichts sagen.«

»Wir werden diese Aussage prüfen«, stellte Mona klar.

»Tun Sie, was Sie nicht lassen können. Ich habe Hauke nicht umgebracht. Warum hätte ich das tun sollen? Er hat mich schon seit Jahren betrogen. Und dann bringe ich ihn plötzlich während einer nächtlichen Bootstour um? Das ergibt keinen Sinn.«

Darauf erwiderte die Kommissarin nichts. Stattdessen fragte sie: »Was gab es bei Ihnen eigentlich zu feiern, als Sie am Montagabend mit Ihrem Sohn und Ihrer Schwiegertochter in der Nordsee Kombüse gewesen sind? Ich habe Sie dort gesehen.«

Frau Clüver nippte an ihrem Cocktailglas.

»Wir hatten keinen besonderen Anlass. Bei Wassersportlern geht es öfter feuchtfröhlich zu, das ist völlig normal.«

»Die Sekretärin Ihres Mannes saß draußen auf der Treppe und hat geweint«, stellte Mona fest.

»Das ist mir nicht aufgefallen. Und ich kann auch nicht behaupten, dass ich das kleine Biest ins Herz geschlossen habe. Meistens beachte ich sie überhaupt nicht.«

»Wo hält Nina Michels sich eigentlich momentan auf?«, wollte Enno wissen.

»Ich habe ihr freigegeben, denn aktuell gibt es hier an Bord keine Arbeit für sie. Außerdem bin ich froh, wenn ich sie nicht sehen muss. Verstehen Sie mich nicht falsch, ich habe eigentlich nichts gegen sie. Das unerfahrene junge Ding hat sich wahrscheinlich von Hauke einwickeln lassen. Deshalb muss ich sie aber noch lange nicht mögen.«

»Wie Sie meinen«, sagte Mona. »Wir müssen auch noch mit Ihrem Sohn und Ihrer Schwiegertochter sprechen. Und wir müssen Ihren Bootshaken mitnehmen.«

»Arne und Carola sind mit der Inselbahn Richtung Ort gefahren, sie brauchten etwas Luftveränderung. Ich bin momentan allein auf der Yacht. Den Bootshaken finden Sie im Heck. Übrigens haben wir alle ihn schon mal berührt.«

»Eine kriminaltechnische Untersuchung ist trotzdem nötig. Ich habe die Handynummern Ihres Sohnes und Ihrer Schwiegertochter, wir werden sie kontaktieren«, warf Enno ein. »Wir wünschen Ihnen noch einen angenehmen Tag.«

Die Witwe antwortete nicht, sondern vertiefte sich wieder in ihr Buch. Zumindest tat sie so.

Kapitel 14

»Frau Clüver ist kalt wie ein Fisch«, meinte der Oberkommissar, als er und Mona wieder im Auto saßen. »Glaubst du wirklich, dass die Betrogene ihren Mann mit einem Bootshaken geschlagen und sterbend ins Wasser gestoßen hat?«

»Für einen Ausbund an Temperament halte ich sie wirklich nicht. Trotzdem könnte es einen Streit gegeben haben, der plötzlich eskaliert ist. Clüver wirft seiner Frau eine Gemeinheit an den Kopf, daraufhin sieht sie rot und greift zum Bootshaken. Wahrscheinlich wollte sie ihn gar nicht töten, sondern nur verletzen. Doch als er in die Nordsee stürzt, erkennt sie ihre Chance. Endlich kann sie die jahrelangen Demütigungen beenden.«

»Und weder der Sohn noch die Schwiegertochter bemerken, was geschehen ist?«

»Diese Variante wäre möglich, aber unwahrscheinlich«, erwiderte Mona. »Mir kommt es plausibler vor, dass beide zur Mutter halten. Welchen Vorteil hätten sie, wenn Frau Clüver ins Gefängnis geht? Außerdem wissen wir noch nicht, was für ein Verhältnis die beiden zu dem Opfer hatten. Oder konntest du etwas herausfinden, als du neulich ihre Personalien aufgenommen hast?«

»Da war die Zeit zu kurz für eine ausführliche Befragung«, sagte Enno. »Außerdem hatte ich es mit allen Familienmitgliedern gleichzeitig zu tun. Wenn jemand etwas verraten hätte, wäre es den beiden anderen nicht entgangen.«

»Stimmt, daran hatte ich nicht gedacht«, murmelte die Kommissarin. »Ich muss die ganze Zeit lang daran denken, in was für einer Bombenstimmung die drei am Montagabend waren. Du hättest dabei sein müssen, Enno. Ich gehe jede Wette ein, dass sie Hauke Clüvers Ende gefeiert haben.«

»Dafür gibt es keinen Beweis.«

»*Noch* nicht!«, betonte Mona. »Lass uns zur Nordsee Kombüse gehen, bevor wir den Yachthafen verlassen. Womöglich hat Jan Lummer ein paar Worte aufgeschnappt, als er das Trio bediente.«

»Das ist eine gute Idee. Inzwischen ist es ja auch schon fast Zeit zum Mittagessen.«

Die Kriminalistin unterdrückte ein Schmunzeln. Es war gerade elf Uhr dreißig, sie hätte ihre Mahlzeit auch noch aufschieben können. Doch wenn sie ihren Kollegen so bei Laune hielt, sollte es ihr recht sein. Außerdem sprach nichts dagegen, das Angenehme mit dem Nützlichen zu verbinden.

Die Nordsee Kombüse öffnete um zehn Uhr und bot ihren Gästen ein »Piratenfrühstück« an. So viel Betrieb wie am Abend herrschte nicht, als die Ermittler die Gaststube betraten. Lummer lächelte, als er die Polizisten erkannte.

»Moin, Mona. Willst du jetzt Stammgast werden? Ich hätte nichts dagegen. – Enno, wie geht es dir?«

Der Wirt gab den Ermittlern die Hand.

»Mir geht es gut«, erwiderte der Oberkommissar, »und wenn ich dein Seelachsfilet mit Kartoffelsalat bekommen könnte, würde ich mich garantiert gleich noch viel besser fühlen.«

Lummer grinste.

»Das lässt sich einrichten. Und was möchtest du?«

Seine Frage war an die Kommissarin gerichtet, die sich mit einem Salat begnügte. Nachdem der Wirt die Bestellung an die Küche weitergeleitet hatte, kam Mona sofort zur Sache.

»Erinnerst du dich an die Leute, die Montagabend dort drüben gesessen und deine Alkoholvorräte dezimiert haben?«

Sie deutete auf einen Tisch, der momentan frei war. Die Ermittler hatten auf Barhockern an der Theke Platz genommen.

»Ja, sicher. Das sind Yachtbesitzer, die Familie heißt Clüver. Ich kenne sie schon länger. Herr Clüver war an dem Abend nicht dabei.«

Mona und Enno wechselten einen Blick. Der Wirt schien noch nichts vom Tod des Unternehmers mitbekommen zu haben. Nun machte es sich bezahlt, dass die Polizeimeldung über die Leiche am Strand nur aus wenigen Worten bestanden hatte.

»Worüber sprachen die Clüvers? Weißt du, aus welchem Grund sie an dem Abend so heftig gefeiert haben?«

Lummer nagte an seiner Unterlippe, er schien angestrengt nachzudenken.

»Hm, ich weiß nicht so genau … doch, jetzt fällt es mir wieder ein. Als ich eine neue Flasche Champagner brachte, rief Arne Clüver: Ich trinke auf die zukünftige Chefin von *Clüver Cosmetics* – meine Frau!«

Mona runzelte die Stirn.

»Clüver Cosmetics? Ich dachte, Hauke Clüver hätte sein Vermögen mit Maschinenbau gemacht.«

»Das hat er auch«, stellte Enno klar. »Womöglich hat seine Schwiegertochter nun ihr eigenes Unternehmen. Das wäre auf jeden Fall ein Grund zum Anstoßen.«

Mona kam der zeitliche Zusammenhang mit dem Tod von Carola Clüvers Schwiegervater immer noch sehr verdächtig vor. Andererseits musste sie zugeben, dass die Gründung eines neuen Unternehmens selbstverständlich ein Anlass zum Feiern war.

Nun wurde das Essen serviert, und die Ermittler widmeten sich zunächst ihren Gerichten. Es entging Mona nicht, dass Lummers Blicke auf ihr ruhten. Ob er auf sie stand? Der Wirt war ein kerniger Typ, mit dem sie garantiert ihren Spaß haben konnte. Allerdings hatte die Kommissarin den festen Vorsatz, nicht in ihrem beruflichen Umfeld nach Männern Ausschau zu halten. Und da wurde es schon schwierig, denn die meisten Kontakte knüpfte sie nun einmal in ihrer Eigenschaft als Kriminalermittlerin.

Sie schob den Gedanken zunächst in den Hintergrund und konzentrierte sich auf ihr Essen.

Nicht nur Kerle, auch Salate können knackig sein, dachte sie und schob sich eine große Gabelladung Rucola in den Mund. Es dauerte nicht lange, bis die Teller leer waren.

»Rufst du uns bitte an, falls dir noch etwas einfällt, Jan? Jede Kleinigkeit kann wichtig sein.«

Mit diesen Worten verabschiedete Mona sich. Der Wirt lächelte und zwinkerte ihr zu.

»Auf jeden Fall, das ist doch meine Pflicht als Staatsbürger.«

»Der findet dich toll«, kommentierte Enno, während er den Wagen startete. Die Kommissarin errötete.

»Lummer soll sich bloß keine Hoffnungen machen. Es ist reiner Zufall, dass ich neulich in der Nordsee Kombüse eingekehrt bin.«

»Soso.«

Mona musste sich eingestehen, dass sie am Montag sehr wohl gezielt dieses Lokal angesteuert hatte. Sie konnte es nicht ausstehen, wenn man sie durchschaute.

»Willst du mich verkuppeln oder diesen Fall lösen? Ruf lieber Carola Clüver an, oder soll ich das machen? Dann musst du mir ihre Nummer geben.«

»Nein, ich kümmere mich schon darum.«

Der Oberkommissar betätigte die Freisprecheinrichtung seines Smartphones. Es dauerte nicht lange, bis eine tränenerstickte Frauenstimme ertönte.

»Ja?«

»Hier spricht Oberkommissar Moll von der Polizei Borkum. Geht es Ihnen gut, Frau Clüver?«

»Nein, ich … es ist in Ordnung, ich komme schon zurecht. Weshalb rufen Sie an?«

»Meine Kollegin hat noch einige Fragen an Sie. Wo können wir Sie erreichen?«

»Ich sitze gerade in Ria's Beach Café. Eigentlich möchte ich lieber allein sein …«

»Es geht um eine Mordermittlung, daher ist Ihre Mitwirkung sehr wichtig.« Enno konnte sehr nachdrücklich sein. »Frau Sander kommt in ungefähr zehn Minuten zu Ihnen.«

»Ja, dann ist das wohl nicht zu ändern.«

Die junge Frau beendete das Telefonat.

»Frau Clüver hat uns gesagt, dass ihr Sohn und ihre Schwiegertochter gemeinsam weggegangen seien«, erinnerte Mona. »Dann herrscht jetzt wohl Ärger im Paradies. Und womöglich hat es etwas mit unserem Fall zu tun.«

»Das wirst du schon herausfinden«, meinte ihr Kollege. »Wenn ich dich abgesetzt habe, nehme ich Kontakt mit Arne Clüver auf. Es wird spannend sein, die Erklärungen des Ehepaares später miteinander zu vergleichen.«

»Das sehe ich auch so. – Glaubst du wirklich, dass Jan Lummer auf mich steht?«

Mona hätte sich am liebsten selbst auf die Zunge gebissen. Eigentlich hatte sie diese Frage gar nicht stellen wollen. Doch nun war es zu spät.

»Er scheint mir ein netter Bursche zu sein«, entgegnete Enno. »Ich hoffe nur, dass du nicht wegen ihm den Polizeidienst quittierst und demnächst in der Nordsee Kombüse hinter der Theke stehst.«

»Keine Sorge, das wird nicht passieren.«

Für Mona war es wirklich unvorstellbar, einen anderen Beruf auszuüben. Gewiss, es gab in ihrem Job stressige oder auch sehr gefährliche Situationen. Dann beneidete sie manchmal die Menschen, die einer ruhigen und geregelten Tätigkeit nachgehen konnten. Doch die Kommissarin wusste genau, dass sie sich in einer solchen Laufbahn sehr schnell langweilen würde. Ganz zu schweigen davon, dass ihr das Team der Polizeistation Borkum mit der Zeit richtig ans Herz gewachsen war. Mona wollte keinen ihrer Kollegen missen, noch nicht einmal ihren Chef.

»So, wir sind da.«

Ennos tiefe Stimme riss sie aus ihren Überlegungen. Der Oberkommissar hielt an der Jann-Berghaus-Straße. Die Ermittlerin stieg aus.

»Ich rufe dich an, wenn das Gespräch mit der Schwiegertochter beendet ist. Viel Glück bei der Suche nach ihrem Ehemann.«

»Wird schon klappen«, meinte Enno. Mona schlug die Beifahrertür zu. Sie ging die breite Steintreppe hinunter, die zu der unter der Jann-Berghaus-Straße liegenden Promenade führte.

Hier hatte man einen Panoramablick auf die Nordsee und den breiten Sandstrand. Ria's Beach Café befand sich in bester Lage, unmittelbar bei der Musikkuppel. Dort gab es dreimal am Tag Live-Auftritte von Bands. Monas Blick schweifte über Gäste, die den Sonnenschein auf der Terrasse des Cafés genossen. Um die Mittagszeit war dort viel los.

Die Kommissarin entdeckte Carola Clüver, die allein an einem Tisch saß. Sie trug eine modische Sonnenbrille, außerdem eine weiße Caprihose und ein türkisfarbenes ärmelloses Oberteil. Bei ihrer Halskette und den Armreifen handelte es sich nicht um Modeschmuck, für so etwas hatte Mona einen Blick. Es kam selten vor, dass sich Frauen mit so wertvollem Geschmeide auf der Insel präsentierten.

Borkum ist schließlich nicht Sylt, dachte die Kriminalistin, während sie auf die junge Frau zuging.

Carola Clüver hob den Kopf.

»Da sind Sie ja schon, Frau Sander. Ich weiß wirklich nicht, wie ich Ihnen helfen soll.«

Die Stimme klingt immer noch brüchig, dachte Mona. Sie setzte sich zu Carola Clüver an den Tisch und schaute sie prüfend an.

»Zunächst interessiert mich, aus welchem Grund Sie vorhin geweint haben.«

»Das ist meine Privatangelegenheit. Gefällt es Ihnen eigentlich, im Leben anderer Menschen herumzuschnüffeln?«

»Nur dann, wenn sich dadurch ein Verbrechen aufklären lässt. Ihr Schwiegervater wurde geschlagen und ist daraufhin ertrunken. Ich werde herausfinden, wer diese Tat begangen hat. Und es liegt ganz an Ihnen, ob Sie mich dabei unterstützen oder nicht.«

»Glauben Sie, ich hätte etwas mit Haukes Tod zu tun?«

»Sie haben Herrn Clüver bei seinem Vornamen genannt?«

»Ja, das wollte er so. Hauke sagte immer, dass er sich alt fühlen würde, wenn ich Papa zu ihm sage. Also habe ich ihm den Wunsch erfüllt.«

Vielleicht nicht nur diesen, dachte die Kommissarin. Sie führte sich vor Augen, dass Carola Clüver eine sehr attraktive junge Frau war. Es bestand sogar eine gewisse Typenähnlichkeit mit Nina Michels. Das Mordopfer hatte offenbar über Jahre hinweg keine Hemmungen gehabt, seine Gattin zu betrügen.

Würde ein solcher Mann sich auch an seine Schwiegertochter heranmachen?

Dieser Verdacht schien Mona nur allzu berechtigt. Doch sie musste behutsam vorgehen, wenn sie von ihrem Gegenüber eine brauchbare Aussage bekommen wollte.

»Erzählen Sie mir von dem Mitternachtstörn«, bat die Kommissarin.

»Wir sind planmäßig aus dem Borkumer Yachthafen ausgelaufen, mein Mann stand am Ruder. Meine Schwiegermutter fühlte sich zunächst nicht wohl und blieb in ihrer Koje. Ich bereitete ein paar Häppchen für einen späteren Snack zu.«

»Wo befand sich Ihr Schwiegervater?«

»Vermutlich an Deck, in der Kajüte war er jedenfalls nicht. Dort wäre er mir über den Weg gelaufen.«

»Wie ging es dann weiter?«

»Nachdem ich in der Kombüse alle Vorbereitungen erledigt hatte, leistete ich meinem Mann Gesellschaft. Dabei trank ich ein Glas Wein. Arne nimmt keinen Alkohol zu sich, wenn er die Yacht steuert. In der Hinsicht ist er ganz eisern. Später wurde es mir draußen zu kühl, obwohl es herrlich ist, an Bord der Persephone C durch die Nacht zu gleiten. Ich ging also wieder hinunter. Inzwischen fühlte sich meine Schwiegermutter etwas besser, sie war aufgestanden. Wir unterhielten uns miteinander.«

»Und Ihr Schwiegervater kam nicht in die Kabine?«

»Nein, Frau Sander. Jetzt, wo Sie es so betonen, finde ich es auch seltsam. Hauke hatte eben seinen eigenen Kopf. Wenn er es für richtig hielt, stundenlang an Deck zu bleiben, dann tat er es auch.«

»Tim Lange haben Sie gar nicht vermisst?«

»Warum hätte ich das tun sollen?«, fragte Carola Clüver zurück. »Er ist nur ein Angestellter, gehört gar nicht zur Familie. Ich nehme an, dass er seine Aufgaben an Bord erfüllt hat.«

»Tim Lange befand sich während dieser nächtlichen Fahrt gar nicht auf der Yacht«, sagte Mona.

»Ach, wirklich? Nun, es ist mir nicht aufgefallen. Es gab ja den Verdacht, dass Lange in die Bordkasse gegriffen hatte. – Glauben Sie etwa, dass meine Schwiegermutter oder mein Mann Hauke umgebracht haben?«

»Oder Sie selbst waren es.«

Eigentlich hatte Mona sich mit dieser Bemerkung noch zurückhalten wollen. Doch es gab keinen Grund, Carola Clüver als mögliche Täterin auszuschließen. Die junge Frau lachte, doch dabei klang sie eher hysterisch als amüsiert.

»Sie sind ja verrückt! Warum hätte ich meinen Schwiegervater töten sollen? Hauke hat mir ein zinsloses Darlehen über fünfzigtausend Euro gewährt, damit ich Clüver Cosmetics gründen kann. Haben Sie eine Ahnung, wie zugeknöpft sich Banken gegenüber jungen Unternehmensgründern verhalten? Uns werden ständig Knüppel zwischen die Beine geworfen, das können Sie als Beamtin sich wahrscheinlich gar nicht vorstellen.«

»Also hätten Sie ohne diese Finanzspritze mit Ihrem Betrieb gar nicht an den Markt gehen können?«

»So ist es. Am Montag bekam ich einen Anruf. Clüver Cosmetics ist nun offiziell ins Handelsregister eingetragen. Dieses Ereignis mussten wir natürlich feiern.«

»Und Hauke Clüver war nicht dabei, obwohl er daran einen großen Anteil hatte«, stellte Mona fest.

»Ja, da wusste ich noch nicht, dass … er nicht mehr lebt. Ich hätte gern mit ihm angestoßen. Doch wir vermuteten, dass er wegen seiner Geschäfte aufs Festland fliegen musste.«

»Ich finde es extrem unglaubwürdig, dass niemand von Ihnen Hauke Clüvers Abwesenheit von der Yacht bemerkt haben will«, sagte Mona. »Außerdem habe ich den Eindruck, dass weder Sie noch Ihre Schwiegermutter oder Ihr Ehemann um den Toten trauern.«

»Da täuschen Sie sich gewaltig!«, fauchte Carola Clüver. »Wir neigen eben nicht zu theatralischen Gefühlsausbrüchen. Schließlich stehen wir nicht auf einer Opernbühne. Und Sie können uns keinen Strick daraus drehen, dass wir unsere Emotionen im Griff haben.«

»Das ist auch nicht meine Absicht«, stellte die Kriminalistin klar. »Trotzdem haben Sie vorhin geweint, das können Sie nicht leugnen.«

»Mir sind die Tränen gekommen, weil Haukes Tod meine eigene berufliche Zukunft zerstört!«, behauptete Carola Clüver. »Ich hatte mich so auf mein eigenes Unternehmen gefreut, und nun steht plötzlich wieder alles auf der Kippe.«

»Das müssen Sie mir näher erklären.«

»Ich werde es tun, wenn Sie mich dann endlich in Ruhe lassen, Frau Sander. Es ist eigentlich ganz einfach: Durch den plötzlichen und unerwarteten Tod meines Schwiegervaters wird Arne nun die Leitung des Maschinenbaubetriebs übernehmen. Die Nachfolge war schon lange geregelt. Doch wir hatten alle angenommen, dass Hauke noch viele Jahre als Chef seinen Mann stehen würde. Als ich vorhin mit Arne allein war, verlangte er plötzlich von mir, dass ich meine Firmengründung zurückstellen sollte. Mein Mann ist der Meinung, dass ich ihm den Rücken stärken muss, da die Geschicke des Familienunternehmens nun in seinen Händen liegen.«

»Und das wollen Sie nicht tun.«

»Auf keinen Fall! Ich sehe nicht ein, dass ich wegen dieses Todesfalls zurückstecken muss. Zum Glück ist der Kredit über fünfzigtausend Euro bereits auf mein neues Firmenkonto überwiesen worden. Sonst würde Arne sich vielleicht noch einfallen lassen, den Betrag zurückzuhalten. Doch sein Vater hat mir letzte Woche schon grünes Licht für die Geldzahlung gegeben.«

Mona versuchte, diese neuen Informationen einzuordnen. Ob Carola Clüver die Wahrheit gesagt hatte? Das ließ sich zumindest teilweise überprüfen. Die Schwiegertochter schien kein Motiv für den Mord zu haben, zumindest auf den ersten Blick nicht. Doch Mona ging ohnehin von einer spontanen Tat im Affekt aus, und dann konnte man die Sache schon in einem ganz anderen Licht betrachten.

Die Kommissarin beugte sich vor.

»Wissen Sie, was ich glaube? Sie haben sich wirklich gut mit dem Mann verstanden, den Sie Hauke nennen sollten. Vielleicht haben Sie sogar unabsichtlich ein wenig mit ihm geflirtet. Schließlich wollten Sie etwas von ihm, nämlich Geld für Ihre Unternehmensgründung. Während der nächtlichen Bootstour kam Ihr Schwiegervater Ihnen dann an Deck näher. Er wurde zudringlich, Sie wehrten sich und griffen zum Bootshaken. Sie …«

Mona konnte den Satz nicht beenden, denn nun sprang Carola Clüver auf.

»Sie haben ja eine völlig kranke Fantasie! Ich weiß, dass Hauke Affären hatte, so naiv bin ich nicht. Aber innerhalb der eigenen Familie hätte er niemals etwas angefangen. Mir gegenüber war Hauke stets ein Gentleman, auch wenn Sie sich das nicht vorstellen können!«

Die junge Frau warf Geld für ihren Drink auf den Tisch und rauschte davon, ohne die Ermittlerin noch eines weiteren Blickes zu würdigen.

Kapitel 15

Mona blieb nachdenklich zurück. Carola Clüvers Empörung hatte sie keineswegs von der Unschuld dieser Verdächtigen überzeugt. Eigentlich passten alle Puzzleteile gut zusammen, wie die Kommissarin fand. Sie wollte unbedingt Ennos Meinung dazu hören. Außerdem war sie gespannt darauf, ob er mit dem Sohn des Mordopfers hatte sprechen können.

Sie rief ihren Kollegen an.

»Das grenzt ja an Telepathie, ich wollte mich auch gerade bei dir melden, Mona.«

»Konntest du Arne Clüver erreichen?«

»Ja, ich hatte eine kurze Unterredung mit ihm. Bist du noch in Ria's Beach Café?«

»So ist es. Carola hat sich aus dem Staub gemacht.«

»Kannst du zur Dienststelle kommen? Oltbeck will möglichst bald erfahren, wie weit wir mit der Ermittlung sind.«

»Das wüsste ich selbst gern«, stöhnte die Kommissarin. »Setz schon mal den Tee auf, ich komme gleich rüber.«

Sie beendete das Telefonat. Gedankenverloren stieg Mona die Treppe hoch und eilte wenig später durch die Bismarckstraße. Zahlreiche Urlauber kamen ihr entgegen, die bei dem schönen Wetter an den Strand wollten. Die Kriminalistin ging in Gedanken immer wieder die bekannten Fakten zu Hauke Clüvers Tod durch. Hatte sie etwas Entscheidendes übersehen?

Mona betrat die Polizeiwache in der Strandstraße.

»Du solltest dir ein Schild um den Hals hängen, auf dem *Bitte nicht ansprechen!* steht«, scherzte Grietje.

»Schneide ich wirklich eine so finstere Grimasse?«

»Einfach gruselig, mit deinem Anblick könnte man kleine Kinder erschrecken«, behauptete die Polizistin.

»Du bist mal wieder die Freundlichkeit in Person«, entgegnete die Kommissarin und ging zu ihrem eigenen Dienstzimmer. Ihr stand jetzt nicht der Sinn nach einer Flachserei mit ihrer scharfzüngigen Kollegin.

Enno hatte Monas Bitte entsprochen und wirklich Tee gekocht.

»Genau das kann ich jetzt brauchen«, seufzte sie und ließ sich auf ihren Bürostuhl fallen.

»Du siehst sorgenvoll aus«, meinte der stämmige Ostfriese.

»Grietje hat es drastischer ausgedrückt, aber es stimmt. Ich fürchte, dass wir der Täterin einfach nichts beweisen können. Doch bevor ich darüber spreche, würde ich gern von deinem Treffen mit Arne Clüver erfahren.«

Enno berichtete von seiner Begegnung mit dem Sohn des Opfers. Im Großen und Ganzen stimmten die Aussagen von Arne und Carola Clüver überein. Die Eheleute hatten sich gestritten, weil Arne den Rückhalt seiner Frau forderte und die Gründung der Kosmetikfirma verschieben wollte. Der Oberkommissar schaute seine Kollegin erwartungsvoll an, nachdem er geendet hatte.

»Ich vermute, dass Carola Clüver mir nicht die ganze Wahrheit gesagt hat, Enno. Ob ihr Schwiegervater der Frau einen Privatkredit eingeräumt hat, lässt sich nachprüfen. Allerdings schätze ich Hauke Clüver nicht so ein, dass er aus purer Gutherzigkeit oder aus Familiensinn fünfzigtausend Euro zinslos verleiht.«

»Du meinst, er hat von Carola Gefälligkeiten eingefordert?«

»Das wäre doch vorstellbar, oder? Sie wehrt sich gegen seine Zudringlichkeiten, schlägt mit dem Bootshaken zu.«

Enno nickte langsam, wobei er die Hände über seinem Bauch verschränkte.

»Ja, so könnte es gewesen sein. Eine andere Variante ist aber ebenso denkbar: Hauke Clüver will sich an Carola vergreifen, Arne bekommt es mit und verteidigt seine Frau gegen seinen Vater.«

»Du vergisst dabei, dass Arne am Ruder gestanden hat.«

»Nein, daran habe ich gedacht«, stellte er klar. »Carola könnte um Hilfe gerufen haben. Daraufhin schaltet ihr Mann den Autopiloten ein, greift nach dem nächstbesten Gegenstand und eilt dorthin, wo Hauke Clüver seiner Frau gerade an die Wäsche will.«

Mona war auf sich selbst sauer, weil sie nicht an die Autopilotfunktion gedacht hatte. Ennos Darstellung überzeugte ebenso wie ihre eigene.

Sie massierte ihre Schläfen.

»Jede von den drei Personen an Bord könnte es getan haben, verflixt noch mal. Jeder hat ein mögliches Motiv, sowohl die Ehefrau als auch der Sohn und die Schwiegertochter. Und der Mörder oder die Mörderin wird durch die Zeugenaussagen der jeweils anderen beiden gedeckt.«

»Wir müssen diese Phalanx aufbrechen. – Sagt man das so?«

»Keine Ahnung, mit griechischer Antike kenne ich mich nicht so aus. – Weißt du, was mich an der ganzen Sache wirklich stört? Keiner von den dreien will Hauke Clüver an Bord gesehen haben.«

Enno breitete die Arme aus.

»Das finde ich sogar ziemlich raffiniert, ehrlich gesagt. Das Trio konnte sich doch denken, dass es polizeiliche Befragungen geben wird. Da ist es am einfachsten, wenn sie alle behaupten, das Opfer nicht gesehen zu haben. Wenn sie bei dieser Behauptung bleiben, können sie sich nicht in Widersprüche verwickeln.«

Mona runzelte die Stirn.

»Sogar dann nicht, wenn es so unwahrscheinlich klingt?«

»Arne Clüver hat mir den Terminkalender seines Vaters gezeigt«, sagte der Oberkommissar. »Der Unternehmer war offenbar viel unterwegs und hat seine Verabredungen öfter platzen lassen, wenn die Umstände es erforderten. Es hätte also zu ihm gepasst, den Mondscheintörn abzublasen und schnell aufs Festland zu fliegen.«

»Obwohl seine Geliebte im Anmarsch war?«, fragte Mona skeptisch.

»Es sieht nicht so aus, als ob Hauke Clüver auf irgendeinen Menschen Rücksicht genommen hätte, auch auf Nina Michels nicht«, meinte Enno.

»Also haben wir jetzt drei Mordverdächtige mit Motiv«, stellte die Ermittlerin fest. »Der Chef wird begeistert sein.«

Oltbeck folgte den Ausführungen seiner Untergebenen mit Leidensmiene, als sie dem Dienststellenleiter wenig später Bericht erstatteten. Nach Monas Meinung sah er so aus, als ob er sich auf eine Wurzelbehandlung beim Zahnarzt vorbereiten würde.

»Das sind ja schöne Aussichten!«, grollte der Hauptkommissar. »Haben Sie wenigstens die Mordwaffe sicherstellen können?«

»Wir haben einen Bootshaken von der Yacht mitgenommen«, antwortete Mona. »Er ist bereits auf dem Weg ins kriminaltechnische Labor. Ich verspreche mir von der Analyse aber nicht viel. Wenn der Mörder nicht völlig beschränkt ist, hat er die eigentliche Mordwaffe in die Nordsee geworfen. Mit dem Bootshaken, den wir an Bord gefunden haben, wurde das Opfer garantiert *nicht* geschlagen.«

»Und wie wollen Sie den Täter überführen?«

»Es gibt nur zwei Möglichkeiten«, meinte Enno. »Entweder legt der Mörder ein Geständnis ab oder wir bringen eine der anderen Personen dazu, ihn zu belasten. Das dürfte allerdings schwierig werden, weil alle drei miteinander verwandt sind. Immerhin konnten wir klären, dass Tim Lange zwar die Bordkasse gestohlen hat, aber kein Mörder ist.«

»Da wäre auch noch der Anker«, begann die Kommissarin, doch ihr Chef fuhr ihr über den Mund.

»Hören Sie doch mit diesem verdammten Anker auf, Frau Sander! Am liebsten würde ich das Ding wegwerfen, denn mit diesem Fall hat er ja nun überhaupt nichts zu tun. Und ein Verbrechen mit einem Anker als Tatwaffe ist auch noch nicht zur Anzeige gebracht worden. Also konzentrieren Sie sich gefälligst auf den Mord an Hauke Clüver!«

Ein solcher Ausbruch war untypisch für Oltbeck. Offenbar lagen seine Nerven blank. Früher hätte Mona ohne Rücksicht auf Verluste verbal zurückgefeuert. Doch inzwischen konnte sie sich besser beherrschen, jedenfalls meistens.

»Ich werde mir noch einmal die Geliebte des Mordopfers vornehmen«, sagte sie mit erzwungener Ruhe. »Mit Nina Michels duze ich mich, ich konnte ein Vertrauensverhältnis zu ihr aufbauen. Ich glaube, dass sie mehr weiß, als sie bisher ausgesagt hat. Wahrscheinlich fürchtet sie, selbst von dem Mörder oder der Mörderin verfolgt zu werden. Ich muss die Frau davon überzeugen, eine umfassende Aussage zu machen. Es würde mich nicht wundern, wenn sie weiß, wer der Täter ist.«

Der Chef atmete tief durch.

»Ja, das ist ein vernünftiger Vorschlag. Und verzeihen Sie mir bitte, dass ich etwas lauter geworden bin, Frau Sander.«

Mona lächelte.

»Das ist schon vergessen, Herr Oltbeck. Ich will ja auch unbedingt diesen Fall zum Abschluss bringen.«

Und dann das Geheimnis des blutigen Ankers lüften, dachte die Kommissarin. Sie war klug genug, dieses Thema nicht noch einmal laut anzusprechen.

***

Mona rief Nina Michels auf dem Smartphone an, nachdem die Besprechung mit dem Dienststellenleiter beendet war.

»Hallo, Mona. Es ist schön, von dir zu hören.«

»Was machst du gerade?«

»Nichts Besonderes. Frau Clüver hat mir ja freigegeben. Eigentlich habe ich auch gar keine Lust, auf die Yacht zurückzukehren. Meine Zukunft ist sowieso in der Schwebe. Ich war ja Hauke Clüvers Sekretärin. Jetzt, wo er … nicht mehr da ist, dürfte auch mein Job infrage gestellt sein.«

»Können wir uns treffen? Ich telefoniere nicht so gern.«

»Das geht mir genauso. Wie wäre es um neunzehn Uhr am Neuen Leuchtturm?«

»Ja, das passt. Und da können wir uns auch nicht verfehlen.«

Die Kommissarin beendete das Telefonat. Enno schaute sie erwartungsvoll an.

»Du willst mit Nina unter vier Augen sprechen, sozusagen von Frau zu Frau?«

Mona nickte.

»Richtig, darum habe ich sie auch nicht auf die Wache gebeten. Ich muss es schaffen, dass sie sich mir gegenüber öffnet. Es kommt mir so vor, als ob sie der Schlüssel zur Lösung dieses Falls wäre.«

Der wuchtige Ostfriese nickte langsam.

»Ich werde versuchen, etwas über die Hintergründe unserer drei Verdächtigen zu erfahren. Womöglich hatte einer oder eine von ihnen schon einmal Ärger mit dem Gesetz.«

Doch es war wie verhext. Weder Monika noch Arne Clüver waren jemals polizeilich aufgefallen. Die Datenbanken zeigten keinen Treffer, als Enno die Namen eintippte. Er wurde erst fündig, als er Carola Clüvers Mädchennamen suchte.

»Mona, das musst du dir anschauen. Die ehrgeizige Jungunternehmerin Carola muss ein richtiges Früchtchen gewesen sein, als sie mit Nachnamen noch Lindemann hieß.«

Die Kommissarin ging zu ihrem Kollegen hinüber und linste ihm über die Schulter.

»Wie meinst du das?«

»Da, lies selbst: Eine Strafanzeige wegen Erpressung, eine weitere wegen übler Nachrede und als Krönung auch noch ein Verfahren wegen des Verdachts auf Beteiligung an einer räuberischen Erpressung.«

»Na ja, von den drei Prozessen wurden zwei aus Mangel an Beweisen eingestellt. Nur die Erpressung hat Carola eine Jugendstrafe eingebracht. Man könnte das als Sünden eines Teenagers abtun, immerhin ist sie inzwischen zwölf Jahre älter.«

»Ich stimme dir grundsätzlich zu«, sagte Enno. »Und wegen einer Vorstrafe ist ein Mensch nicht automatisch verdächtig. Trotzdem, gerade eine mögliche Erpressung lässt den zinslosen Kredit über fünfzigtausend Euro in einem völlig anderen Licht erscheinen.«

»Du glaubst, Carola hatte etwas gegen ihren Schwiegervater in der Hand und ließ ihn deshalb blechen?«

Enno hob die Augenbrauen.

»Wäre das so unwahrscheinlich?«

»Nein, aber oftmals muss in solchen Fällen der Erpresser sterben und nicht der Erpresste.«

»Wir sind uns doch darüber einig, dass wir es mit einer Affekttat zu tun haben«, meinte der Oberkommissar. »Womöglich konnte Carola nicht genug bekommen und wollte von Hauke Clüver noch mehr Geld haben. Darüber gerieten die beiden in Streit, der auf die bekannte Art endete.«

Mona seufzte.

»Das könnte alles stimmen, Enno. Ich frage mich nur, wie wir eine solche Erpressung beweisen sollen. Und selbst wenn es uns gelingt, ändert sich dadurch die Ausgangslage nicht: Die Mörderin leugnet, und sie wird von den beiden einzigen möglichen Tatzeugen gedeckt.«

»Ja, doch falls wir die Erpressung aufdecken, können wir dadurch zumindest Carola Clüvers Glaubwürdigkeit infrage stellen. Der Staatsanwalt wird eher Anklage erheben, wenn die Mordverdächtige sich selbst als kriminelle Lügnerin entlarvt.«

Die Kommissarin nickte.

»Einen Versuch ist es auf jeden Fall wert.«

Der Rest des Arbeitstags verging mit Routinetätigkeiten, die wegen des aktuellen Mordfalls liegengeblieben waren. Mona wünschte Enno einen schönen Feierabend, fuhr mit ihrem Rad nach Hause und zog sich um.

Ihre Gedanken waren bei Nina. Die Kommissarin hatte nie nachvollziehen können, warum eine attraktive junge Frau ihr Herz an einen älteren verheirateten Mann hängte. Machte Liebe wirklich blind? Ob Nina ernsthaft angenommen hatte, dass Hauke Clüver sich wegen ihr scheiden lassen würde? Gewiss, ab und zu kam so etwas vor. Doch meistens dachte der Kerl gar nicht daran, das für ihn so bequeme Arrangement aufzugeben.

Mona duschte noch schnell, bevor sie sich wieder auf den Weg ins Borkumer Zentrum machte. Sie trug wieder Jeans, ein gemustertes Oberteil und eine leichte Strickjacke. Eigentlich hätte sie lieber ein Kleid angezogen, aber die Nächte waren manchmal auch im Sommer empfindlich kühl. Es gab nicht umsonst die Redensart, dass in Ostfriesland alle vier Jahreszeiten an einem einzigen Tag stattfinden würden.

Mona parkte ihr Rad am Inselbahnhof und ging durch den Alten Postweg auf den Leuchtturm zu. Sie war pünktlich. Die Kommissarin umrundete langsam das mit Gras bewachsene Fundament, auf dem das Gebäude ruhte. Hier gab es einige Parkbänke, auf denen Touristen saßen und den Abend genossen. Auch direkt vor dem Turmeingang konnte Mona ihre Verabredung nicht entdecken. Ob Nina sie missverstanden hatte und stattdessen zum Alten Leuchtturm gegangen war?

Die Ermittlerin griff zum Smartphone, um sich zu vergewissern.

Doch Ninas Gerät war ausgeschaltet.

Kapitel 16

Mona wurde unruhig, aber da kam die Sekretärin bereits auf sie zugeeilt. Nina machte einen gehetzten Eindruck, sie warf immer wieder über die Schulter einen Blick nach hinten.

Die Kommissarin runzelte die Stirn.

»Moin, was ist los? Du bist ja völlig durch den Wind.«

Nina rang nach Atem, doch dann wandte sie sich Mona zu. Ihr Lächeln wirkte gezwungen.

»Nein, es ist alles in Ordnung. Ich habe es geschafft, mir ein Zimmer im Hotel Teutonia zu buchen. Da gab es eine Last-Minute-Stornierung, normalerweise hätte man dort jetzt in der Hauptsaison nichts mehr bekommen. Auf die Yacht will ich nicht zurück, das hatte ich dir ja schon am Telefon gesagt.«

Doch die Kriminalistin ließ sich nicht für dumm verkaufen.

»Hör mal, du kannst mir gegenüber mit offenen Karten spielen. Mach mir doch nichts vor. Selbst ein Polizeischüler im ersten Ausbildungsjahr würde bemerken, dass du dich vor Verfolgern fürchtest.«

Nina ließ den Kopf hängen.

»Du hast mich durchschaut. Dabei gibt es überhaupt niemanden, vor dem ich Angst haben müsste. Ich bin wegen dieser Geschichte mit Hauke völlig durcheinander. Vielleicht werde ich allmählich verrückt.«

Mona hörte zu, gleichzeitig beobachtete sie aber auch genau die Umgebung. Bildete Nina sich wirklich nur ein, dass jemand hinter ihr her war? Die beiden Frauen standen vor der *Borkumer Bücherstube.* Ob ein Gast im *Istanbul Kebabhaus* sie beobachtete? Oder in der *Pizzeria Il Faro*, die nur wenig weiter entfernt war? Nein, das erschien Mona unwahrscheinlich. Schließlich war Nina gerade eben erst auf der Bildfläche erschienen, während die Leute in den Lokalen sich ihr Essen schon länger schmecken ließen. Und was war mit den zahlreichen Touristen, die an ihnen vorbeispazierten? Sie alle wirkten auf den ersten Blick harmlos. Davon ließ die Kommissarin sich aber nicht täuschen. Ein Verfolger, der sich verdächtig verhielt, machte seinen Job nicht gut. Mona nahm sich vor, weiterhin die Augen gut aufzuhalten.

Sie hakte sich bei Nina ein.

»Lass uns ein paar Schritte gehen«, sagte sie im Plauderton. »Und dann erzählst du mir, was du auf dem Herzen hast.«

»Danke, Mona. Du bist der einzige Mensch auf dieser Insel, mit dem ich jetzt reden möchte.«

Darauf erwiderte die Kommissarin nichts, obwohl sie vor Anspannung beinahe platzte. Sie hoffte, von Nina entscheidende Hinweise zu bekommen. Die Frauen schlenderten die Strandstraße Richtung Promenade entlang. Nach einigen Minuten brach die Sekretärin ihr Schweigen.

»Ich könnte mir vorstellen, dass Haukes Schwiegertochter etwas mit seinem Tod zu tun hat.«

»Wie kommst du darauf?«

»Carola muss in ihrer Jugend ein paar Dummheiten gemacht haben. Was genau es war, kann ich dir nicht sagen. Fest steht, dass Hauke es herausfand. Er war richtig sauer auf sie. Er sagte zu mir: ›Wenn ich früher davon erfahren hätte, würde ich diese Hochzeit verhindert haben.‹«

Offenbar ging es um die Vorstrafen der jungen Frau. Mona fand es ziemlich heuchlerisch von dem Unternehmer, jahrelang fremdzugehen und sich dann über längst zurückliegende kriminelle Machenschaften seiner Schwiegertochter aufzuregen.

»An dem Abend, als wir uns kennenlernten, wurde in der Nordsee Kombüse Carola Clüvers Unternehmensgründung gefeiert. Ihr Schwiegervater hat ihr angeblich fünfzigtausend Euro geliehen. So groß kann also sein Zorn nicht gewesen sein.«

»Ich weiß natürlich von dieser Summe, Mona. Ja, Hauke hat ihr einen zinslosen Kredit gewährt. Er hätte die Transaktion aber rückgängig machen können. Diesen Auftrag wollte er seinem Firmenanwalt erteilen. Aber dann …«

Nina vollendete den Satz nicht. Das war auch nicht nötig. Hauke Clüver war offenbar ermordet worden, bevor er die Zukunftspläne seiner Schwiegertochter durchkreuzen konnte.

»Das sind interessante Neuigkeiten, Nina. Wie würdest du das Verhältnis zwischen Arne und Carola beschreiben?«

»Sie hat in dieser Ehe die Hosen an. Meiner Meinung nach ist Haukes Sohn ihr hörig. Er würde ihr sogar den Mord an seinem Vater verzeihen.«

»Du glaubst also, dass Carola Hauke Clüver getötet hat? Dafür gibt es keinen Beweis, denn alle drei während des Mitternachtstörns anwesenden Personen beteuern, dass sie ihn an Bord gar nicht bemerkt hätten. Keiner von ihnen will Hauke während der Fahrt gesehen haben.«

»Dann lügen Monika und ihr Sohn eben, um Carola zu decken. Hauke und seine Frau haben einander schon lange nicht mehr geliebt. Und Arne würde für seine Carola alles tun.«

Ninas Angaben bestätigten im Grunde nur Monas Verdacht gegen die Schwiegertochter. Die Kommissarin konnte es kaum erwarten, die Mordverdächtige zu einem offiziellen Verhör vorzuladen. Ob Carola Clüver dann ein Geständnis ablegen würde, war allerdings eine ganz andere Frage.

»Wann hast du eigentlich das letzte Mal mit Hauke gesprochen?«

Ninas Augen wurden feucht, während Mona diese Frage stellte. Inzwischen hatten die Frauen die Jann-Berghaus-Straße erreicht und standen nebeneinander vor dem Geländer. Die Sekretärin stützte sich mit beiden Händen ab und blickte auf die Brandung weit unter ihnen.

»Das war am Freitag letzter Woche, im Büro. Ich musste noch ein paar Dinge für die Firma erledigen. Hauke wollte schon am Samstag nach Borkum fahren, um ein paar Tage auf der Yacht auszuspannen. Er lud mich ein, am Sonntagabend an dem Mitternachtstörn teilzunehmen. Das hat ja nun leider nicht mehr geklappt …«

Ihre Stimme wurde brüchig. Mona legte ihr eine Hand auf die Schulter.

»Für eine Anklage gegen Carola Clüver brauchen wir Beweise«, erläuterte sie. »Gibt es Dokumente, vielleicht eine schriftliche Anweisung für den Firmenanwalt wegen dieses Darlehens? Deine Erklärungen haben mir schon sehr geholfen. Aber der Staatsanwalt braucht mehr, um tätig werden zu können.«

Carola putzte sich die Nase und tupfte die Tränen unter den Augen weg. Doch diesmal schien sie nicht so fürchterlich traurig wie bei der ersten Begegnung zu sein.

»Ich will sehen, ob ich etwas finde, wenn ich aufs Festland zurückkehre. Wahrscheinlich kündige ich meinen Job, Monika Clüver dürfte nichts dagegen haben. Was soll ich noch in dem Betrieb, wenn Hauke nicht mehr da ist? Und ich kann auf jeden Fall aussagen, dass er von der dunklen Vergangenheit seiner Schwiegertochter gewusst hat.«

»Es kommt mir so vor, als ob du vor jemandem Angst hast«, sagte Mona Nina auf den Kopf zu. Die Sekretärin zögerte, dann nickte sie.

»Ja, ich … fürchte, dass Carola ahnt, dass ich die Wahrheit über ihre wilde Jugend ausgegraben habe. Ich weiß nicht, welchen Vorteil mein Tod ihr bringen sollte. Trotzdem, zutrauen würde ich es ihr.«

»Gut, dass du deinen Verdacht ausgesprochen hast. Dadurch wird es für uns leichter, auf dich achtzugeben. Es war klug von dir, dich in dem Hotel einzuquartieren. Auf der Yacht könnte man einen Unfall inszenieren, das ist hier mit so vielen möglichen Zeugen nicht ohne Weiteres möglich.«

Die Kriminalistin deutete auf die weiße Kaiserzeit-Fassade vom Hotel Teutonia, das sich nur einen Steinwurf weit entfernt vom momentanen Standort der beiden Frauen befand. Das ehrwürdige Traditionshaus reihte sich ein zwischen anderen Beherbergungsbetrieben in dieser erstklassigen Strandlage, die teilweise auf eine mehr als hundertjährige Tradition zurückblickten.

Auf Ninas nackten Armen hatte sich eine Gänsehaut gebildet. Im Gegensatz zu Mona trug sie über ihrem T-Shirt keine Jacke und keinen Pullover. Und in ihren knielangen Jeans-Shorts fror sie garantiert ebenfalls.

»Willst du nicht lieber auf dein Zimmer gehen, bevor du dich noch erkältest?«, schlug Mona vor. »Oder gibt es noch etwas, das du mir mitteilen möchtest?«

»Das werde ich tun. Und ich weiß nicht, was ich noch sagen könnte. Ich rufe dich an, falls mir weitere Dinge einfallen.«

Die Kommissarin begleitete Nina bis zum Hoteleingang und verabschiedete sich dann mit einer Umarmung von ihr.

Mona ging davon. Sie versuchte, sich nichts anmerken zu lassen. Es gab wirklich jemanden, der die Sekretärin verfolgte.

Und diese Person wollte die Kommissarin stellen.

Kapitel 17

Mona musterte den Kerl aus dem Augenwinkel heraus, während sie in die Bubertstraße abbog. Der Unbekannte lungerte bei der Walfischinsel herum, wo Skulpturen der großen Meeressäuger an die Walfangvergangenheit der Insel erinnern sollten.

Die Kommissarin hatte den Mann schon zuvor bemerkt, als er Nina mehr oder weniger unauffällig nachgegangen war. Mona wollte sich vergewissern, bevor sie etwas unternahm. Doch nun gab es keinen Zweifel mehr. Der Fremde starrte die Hotelfassade an. Ob er checken wollte, in welchem Zimmer gleich das Licht anging, um dann in das Gebäude einzudringen?

So weit wollte die Kommissarin es nicht kommen lassen. Nun wurde der Jäger zum Gejagten. Scheinbar hatte der Verdächtige noch nicht bemerkt, dass sie ihn im Visier hatte.

Mona duckte sich hinter eines der Autos, die an der Rückfront der benachbarten Nordseeklinik geparkt waren. Sie fischte ihr Smartphone aus der Tasche und holte eine Nummer aus dem Schnellwahlspeicher.

»Polizei Borkum.«

»Moin, hier ist Mona. Ich bin privat unterwegs und benötige Unterstützung. Könnt ihr mir ein Fahrzeug in die Jann-Berghaus-Straße schicken? Hier treibt sich eine männliche Person an der Walfischinsel herum. Blauer Kapuzenpullover, Jeans, blondes Haar. Die Kollegen sollen seine Personalien überprüfen.«

»Das ist verstanden«, sagte Britt Mölders, die diensthabende Kollegin. »Ich schicke dir gleich Aiske und Claas vorbei.«

Die Kommissarin bedankte sich und beendete das Telefonat. Am liebsten hätte sie sich den Kerl im Alleingang vorgeknöpft, doch sie unterdrückte diesen Impuls. Mona wollte ihn auf keinen Fall entkommen lassen. Und da war es besser, wenn man mit mehreren Beamten einschritt.

Vorerst behielt sie den Mann einfach nur im Blickfeld. Er schien zu zögern. Was sollte sie tun, wenn er das Hotel betrat? Von ihrer jetzigen Position aus konnte die Kriminalistin nicht sehen, ob Nina das Licht schon eingeschaltet hatte. Ob es besser war, die Sekretärin anzurufen und sie darum zu bitten, ihre Zimmertür zu verriegeln? Mona entschied sich dagegen. Nina war ihr schon verängstigt genug erschienen, dieses Gefühl musste sie nicht noch verstärken.

Doch wer war dieser Unbekannte? Hatte Carola Clüver ihn beauftragt? Aber warum sollte die Täterin eine weitere Person in ihre finsteren Pläne einweihen?

Über diese Fragen konnte die Ermittlerin sich später den Kopf zerbrechen, denn nun riss der Fremde sich von der Walfischinsel los und steuerte auf den Hoteleingang zu.

Mona schwitzte Blut und Wasser. Was jetzt? Sie würde keinesfalls zulassen, dass er ins Foyer eindrang. Sie rannte los, um ihm den Weg abzuschneiden. In diesem Moment bog der Streifenwagen in die Jann-Berghaus-Straße ein. Die Kollegen mussten den Verdächtigen bemerkt haben, denn das Einsatzfahrzeug beschleunigte.

Das Erscheinen der Polizei hatte den Mann offenbar aus dem Konzept gebracht. Er zuckte zusammen, blieb einen Moment lang unschlüssig stehen. Dann drehte er sich abrupt um und wollte davoneilen.

Monas Kollegen schnitten ihm den Weg ab. Er machte abermals kehrt. Doch nun hatte die Kommissarin ihn beinahe erreicht. Sie hielt ihren Dienstausweis hoch, den sie auch in ihrer Freizeit immer dabeihatte.

»Moin, allgemeine Personenkontrolle. Wir möchten gern Ihre Personalien feststellen.«

Der Blick des Mannes flackerte. Mona versuchte, seine Reaktion einzuschätzen. Das war nicht einfach, denn sein Gesicht spiegelte eine Mischung aus Furcht und Abneigung wider, ergänzt durch ein wenig schlechtes Gewissen. Diese Mixtur hatte Mona schon öfter bei Kriminellen gesehen. Sie wussten genau, dass sie etwas Unrechtes getan hatten. Doch erst durch das Auftauchen der Polizei wurden ihnen die Folgen ihres Handelns bewusst.

Der Blonde war schätzungsweise Ende zwanzig, obwohl sein Milchgesicht ihn jünger erscheinen ließ. Doch die Augen waren nicht mehr die eines Kindes. Sie lagen tief in ihren Höhlen. Ob er zu wenig Schlaf fand? Die bleiche Hautfarbe zeugte jedenfalls davon, dass er noch nicht lange auf Borkum sein konnte. Wer sich länger als ein paar Tage auf der Hochseeinsel aufhielt und kein extremer Stubenhocker war, nahm schon bald dank Sonne und Wind einen gesunden Teint an.

Mona spannte ihre Muskeln an. Sie bereitete sich innerlich darauf vor, dass der Mann sie über den Haufen rennen wollte. Er war einen Kopf größer als sie, doch davon ließ sie sich nicht irritieren.

Sie schaute ihm direkt in die Augen, er schien ihre Entschlossenheit zu spüren. Jedenfalls ließ er die Schultern hängen und griff in seine Gesäßtasche.

»Ich habe nichts gemacht«, nuschelte er undeutlich.

Autotüren klappten. Aiske Berend und Claas Lammer waren ausgestiegen und näherten sich. Mona nickte ihren uniformierten Kollegen zu, während sie den Personalausweis des jungen Mannes entgegennahm. Sein Name lautete Malte Glaser. Sie gab das Dokument an Aiske weiter.

»Machst du bitte eine POLAS-Abfrage?«

Die Polizeimeisterin nickte und kehrte zum Streifenwagen zurück. Falls nach Glaser gefahndet wurde oder er bereits polizeilich in Erscheinung getreten war, würde sich das innerhalb der nächsten Minuten herausstellen. Claas Lammer hatte die Daumen in den Gürtel gehakt und behielt den Verdächtigen im Auge, während Mona einige Fragen stellte.

»Warum wollten Sie das Hotel betreten, Herr Glaser? Wohnen Sie hier?«

»Das geht Sie überhaupt nichts an!«

Er wollte offenbar auf stur schalten. Damit geriet er bei der Kommissarin gerade an die Richtige.

»Sie irren sich, Nachstellung ist ein Straftatbestand. Ich habe beobachtet, dass Sie eine junge Frau verfolgt haben, die in diesem Hotel wohnt. Ihre Telefonnummer ist mir bekannt. Wenn ich sie anrufe und darum bitte, die Belästigung zu bestätigen, wird sie das gewiss gern tun.«

Monas Behauptung war ein Bluff. In Wirklichkeit bezweifelte sie, ob Nina gegen Glaser aussagen würde. Sie war doch sehr ängstlich. Es ging der Ermittlerin vor allem darum, den Verdächtigen aus der Reserve zu locken. Vor allem wollte sie wissen, aus welchem Grund er die Sekretärin verfolgte.

Glaser wich Monas Blick immer noch aus, als er den Mund öffnete.

»Das müssen Sie nicht tun. Ich wohne gar nicht in diesem Hotel, sondern in einer Pension. Und diese süße Blonde kenne ich gar nicht. Sie gefällt mir, das ist doch wohl nicht verboten.«

»Nein, aber Sie stalken diese Frau. Leugnen Sie es nicht, ich habe es selbst gesehen. Und Sie werden mich auch bemerkt haben, schließlich glotzten Sie uns die ganze Zeit an.«

»Ich bin ein bisschen schüchtern«, jammerte Glaser. »Woher hätte ich denn wissen sollen, dass Sie Polizistin sind? Ich wollte nur checken, ob die Blonde einen Freund hat. Als ich sie auf der Fähre sah, war es sofort um mich geschehen. Ich verknallte mich sofort in sie. Dann verlor ich sie leider aus den Augen, aber …«

Die Kommissarin fiel dem Verdächtigen ins Wort.

»Unsinn, diese Frau ist gar nicht mit der Fähre angereist, sondern mit dem Katamaran.«

Glaser schüttelte den Kopf.

»Sie war auf der Fähre, ich kann doch meinen eigenen Augen trauen.«

»Und Sie sind sicher, dass Sie nichts verwechseln?«

»Halten Sie mich für dämlich? Ich bin mit der Fähre nach Borkum gekommen, weil ich mein Auto dabeihabe. Der Katamaran nimmt doch gar keine Fahrzeuge mit.«

»Nein, der Katamaran nimmt keine Fahrzeuge mit«, wiederholte Mona gedankenverloren. Ihr wurde plötzlich bewusst, was Glasers Aussage wirklich zu bedeuten hatte.

Die Kommissarin war die ganze Zeit lang von Nina angelogen worden.

Kapitel 18

»Gegen den Herrn liegt nichts vor.«

Mit diesen Worten riss Polizeimeisterin Aiske Berend Mona aus ihren Gedanken. Sie gab Glaser dessen Ausweis zurück.

»Ich habe nichts gemacht«, wiederholte der Blonde. »Kann ich jetzt endlich gehen?«

Die Kriminalistin antwortete nicht sofort. Stattdessen sagte sie zu ihrer Kollegin: »Danke für eure Unterstützung, aber ich benötige euch jetzt nicht mehr.«

Die uniformierten Polizisten nickten ihr zu und stiegen wieder in ihren Streifenwagen.

»Ich kenne jetzt Ihren Namen, und die Adresse Ihrer Pension finde ich auch ganz einfach heraus«, stellte Mona Glaser gegenüber klar. »Ich gebe Ihnen den Rat, mit Ihren Nachstellungen sofort aufzuhören.«

»Darauf können Sie sich verlassen«, beteuerte Ninas Verehrer. »Ich will mir keinen Ärger einhandeln, sondern hier nur in Ruhe eine Woche Urlaub machen.«

»Sie sind also mit der Autofähre angereist«, sagte die Kommissarin. »Wann genau war das?«

»Am Sonntag. Die Fähre legte um vierzehn Uhr in Emden ab.«

Also war Nina früher auf Borkum gewesen, als sie behauptet hatte. Es wäre ihr sehr wohl möglich gewesen, an Bord der Persephone C zu gehen und an dem Mondscheintörn teilzunehmen. Doch das hatte sie nicht getan. Aus welchem Grund?

Mona schaute Glaser prüfend an.

»Und Sie sind sicher, dass Sie die Frau nicht verwechseln? Es gibt noch weitere attraktive Damen auf dieser Insel.«

»Nein, sie war es«, beharrte der junge Mann. »Ich habe mich gleich in ihr hübsches Gesicht verliebt. Außerdem trug sie diesen Ohrhänger, den sie heute auch angelegt hatte. Der ist unverwechselbar.«

Die Ermittlerin hob die Augenbrauen.

»Ich will Ihnen ja nicht zu nahe treten, aber normalerweise haben Männer keinen Sinn für Schmuck und können ein antikes Silber-Collier nicht von einer Fahrradkette unterscheiden.«

»Mag sein, aber ich bin Goldschmied. Wenn mir dieses besondere Stück nicht aufgefallen wäre, hätte ich wohl meinen Beruf verfehlt.«

Auch Mona hatte natürlich bemerkt, dass Nina ihre Ohren mit sehr elegantem Geschmeide geschmückt hatte. Glasers Aussage kam ihr glaubhaft vor.

»Darf ich fragen, in welcher Pension Sie untergekommen sind? Ich finde es sowieso heraus.«

»Im *Oude Hus*, am Bahnhofspfad.«

»Schön, Sie können jetzt gehen, Herr Glaser. Es kann sein, dass ich noch eine schriftliche Aussage von Ihnen brauche. Und halten Sie sich von dieser Frau fern, wenn Sie Ärger vermeiden wollen.«

Der junge Mann nickte und schlich davon wie ein geprügelter Hund. Mona atmete tief durch und schaute zu der Kaiserzeit-Fassade des Hotels Teutonia hoch. Am liebsten hätte sie Nina jetzt aus dem Bett gezerrt, um von ihr die Wahrheit zu erfahren. Doch Voreiligkeit war jetzt fehl am Platz.

An Schlaf war nicht zu denken.

Mona ließ sich den Wind um die Nase wehen und starrte gedankenverloren auf die Nordsee hinaus. Am Horizont zogen Schiffe vorbei, die aus dem Emder Hafen ausliefen. Ihre Positionslaternen setzten rote, grüne und weiße Farbpunkte auf dem dunklen Nachthimmel. Allmählich begriff die Kommissarin, wie der Mord an Hauke Clüver über die Bühne gegangen sein musste.

Sie eilte zurück zum Inselbahnhof, wo sie ihr Fahrrad geparkt hatte. Dann düste Mona zum Hafen hinunter. Sie musste ein paar Lokale abklappern, bis sie den Zeugen fand, nach dem sie Ausschau gehalten hatte. Sie zeigte ihm das Foto des Toten.

»Ja, das ist der Herr, der in Begleitung der jungen Dame war.«

Die Kriminalistin bedankte sich. Für eine ausführliche Zeugenaussage war später immer noch Zeit. Sie verließ das Yachthafen-Lokal und rief Enno an.

»Entschuldige die späte Störung. Bist du schon im Bett?«

»Nee, ich bin gerade bei einem langweiligen Krimi vor dem Fernseher eingepennt.«

»Unser Leben ist aufregender«, lachte Mona. »Können wir uns gleich auf der Wache treffen? Dann erkläre ich dir alles.«

»Ja, sicher. Worum geht es denn?«

»Ich möchte mit dir zusammen Clüvers Mörderin verhaften.«

Kapitel 19

Nina wirkte überrascht, als sie nach Ennos Klopfen die Hotelzimmertür öffnete. Eine Alkoholfahne wehte den Ermittlern entgegen. Mona warf an der Sekretärin vorbei einen Blick in das Zimmer. Dort stand eine halb leere Weißweinflasche auf dem Nachttischchen, daneben ein Glas. Auf dem Bett lag ein aufgeschlagener Liebesroman. Sie trug einen roten Pyjama.

»Was wollt ihr denn hier? Ist etwas passiert?«

Die Kommissarin antwortete förmlich.

»Frau Michels, wir nehmen Sie unter dem Verdacht des Mordes an Hauke Clüver fest. Bitte ziehen Sie sich an, um uns zur Polizeistation zu begleiten.«

Und Enno ergänzte: »Sie müssen sich zur Sache nicht äußern und sich nicht selbst belasten. Sie können bei der Befragung einen Rechtsbeistand hinzuziehen.«

Eine kurze Pause entstand. Ninas Unterlippe begann zu zittern, sie öffnete den Mund.

»Ist das ein schlechter Scherz? Mona, wie kannst du so grausam sein?«

»Wir wissen jetzt von Ihrer Segeltour mit Herrn Clüver. Und es gibt einen Zeugen, der Sie am Sonntag gemeinsam mit dem Opfer den Hafen verlassen sah.«

Mit dieser Neuigkeit hatte die Verdächtige nicht gerechnet. Sie zuckte zusammen, als ob sie einen Stromschlag erhalten hätte. Mona war nicht sicher, ob Nina eine Show abzog. Schließlich hatte sie die Kriminalisten lange genug hinter das Licht geführt. Die Ermittlerin blieb wachsam, während sie Nina beim Anziehen nicht aus den Augen ließ. Enno wartete inzwischen auf dem Korridor.

Doch die mutmaßliche Mörderin versuchte keine miesen Tricks. Dennoch wollte die Kommissarin kein Risiko eingehen und legte ihr Handschellen an, nachdem sie komplett angekleidet war.

»Ist das wirklich nötig, Mona?«

»Die korrekte Anrede lautet Frau Sander.«

»Ich weiß nicht, was ich dir getan habe. Ich bin unschuldig!«

Für einen winzigen Moment zweifelte die Kommissarin an ihrer eigenen Kombinationsgabe. Aber dann führte sie sich vor Augen, dass zwei Zeugenaussagen ihren Verdacht bestätigten. Womöglich gab es noch weitere Indizien, falls Nina die Tat weiterhin leugnen wollte.

Die Kriminalisten brachten die Sekretärin mit dem Dienstwagen zur Polizeistation, wo Nina zunächst erkennungsdienstlich behandelt wurde. Währenddessen änderte sich ihre Haltung. Im Hotelzimmer hatte sie noch die verfolgte Unschuld gespielt. Nun verhärteten sich ihre Gesichtszüge.

»Ich werde kein Wort sagen, bevor ich nicht mit einem Anwalt gesprochen habe«, kündigte Nina an.

»Das ist Ihr gutes Recht. Allerdings wird vor morgen früh kein Rechtsbeistand auf die Insel kommen können«, stellte Enno fest.

»Dann stelle ich mich auf eine Nacht in der Zelle ein«, gab Nina zurück. »Sie werden mich wohl kaum freilassen.«

»Nein, das haben wir nicht vor«, entgegnete Mona. Die Verdächtige nannte den Namen eines Verteidigers, mit dem sie Kontakt aufnehmen wollte. Der Oberkommissar versprach, ihn am Morgen sofort anzurufen.

»Jetzt kann sie uns wenigstens nicht mehr entwischen«, meinte Mona, als die Ermittler zum zweiten Mal an diesem Tag Feierabend machten. Enno gähnte ungeniert.

»Ich hoffe, dass wir die Richtige erwischt haben. Diese Frau hatte ich die ganze Zeit lang nicht auf dem Radar.«

»Das ging mir genauso«, gestand die Kommissarin. »Und genau darauf hat Nina sich verlassen. Im Verhör wird die Wahrheit schon ans Tageslicht kommen.«

Der Oberkommissar ging zu seiner Kollegin hinüber und klopfte ihr auf die Schulter.

»Bisher haben wir uns immer auf deinen Instinkt verlassen können, Mona. Und ich bin sicher, dass auch die Fakten deinen Verdacht untermauern werden.«

Die Ermittlerin nickte. Sie hatte inzwischen eine sehr genaue Vorstellung davon, was während der Mordnacht geschehen sein musste. Mona fuhr nach Hause, doch sie war innerlich immer noch völlig überdreht. Schließlich legte sie sich mit einem langweiligen Krimi ins Bett und schlief weit nach Mitternacht endlich ein.

Sie träumte, auf offener See zu sein. Vollständig bekleidet lag sie im Wasser und drohte, unterzugehen. Jemand hatte einen Anker an ihren Fußgelenken befestigt. Dadurch wurde sie unerbittlich Richtung Meeresboden gezogen. Mona strampelte und ruderte verzweifelt mit den Armen. Als sie schon glaubte, in Sicherheit zu sein, wurde sie mit einem Bootshaken unter die Wasseroberfläche gedrückt. Wer ihr das antat, konnte sie nicht sagen. Denn die Person hatte kein Gesicht.

Die Kommissarin wachte nach Luft ringend schweißgebadet auf. Was für ein ekelhafter Alptraum, dachte sie. Er war so realistisch gewesen, dass sie sogar das Meersalz auf ihren Lippen zu spüren glaubte. Doch dann erinnerte sie sich an die Salzstangen, die sie am Vorabend gegessen hatte.

Mona konnte mit diesem Fall innerlich erst abschließen, wenn sie und Enno sämtliche Unterlagen an die Staatsanwaltschaft weitergeleitet hatten. Darüber machte sie sich keine Illusionen.

Die Kommissarin bekam zum Frühstück keinen Bissen herunter. Mit gemischten Gefühlen fuhr sie zur Dienststelle. Dort wartete Enno bereits auf sie.

»Moin, Mona. Ich habe gerade mit Frau Michels' Rechtsbeistand gesprochen. Er wird gegen Mittag auf Borkum eintreffen und kommt dann direkt hierher.«

»Gut, dann haben wir noch ein paar Stunden, um uns auf das Verhör vorzubereiten. Ich hoffe, dass die Einzelverbindungsnachweise endlich eintreffen.«

»Das wird schon werden«, meinte der behäbige Ostfriese. Wieder einmal bewunderte Mona seine Bärenruhe. Sie selbst konnte kaum stillsitzen. Wenig später begaben die Ermittler sich zum Yachthafen. Diesmal hatte die Kommissarin die erkennungsdienstlichen Fotos von Nina Michels bei sich, die vor kurzer Zeit entstanden waren.

Der Hafenmeister nickte, als er die Bilder sah.

»Das ist die Frau, die Sonntagabend mit dem älteren Mann in See stach. Sie waren an Bord der *Friesenfreiheit*, das ist unser Miet-Segelboot.«

»Dann werden Sie den Mietvertrag ja bestimmt noch haben«, vermutete Mona.

»Natürlich, bei mir herrscht Ordnung.«

Wenig später hielt die Kommissarin das Dokument in der Hand. Die Unterschrift war zwar kaum leserlich, doch ein grafologischer Gutachter würde nachweisen können, dass sie von Nina Michels stammte. Mona behielt den Vertrag und gab dem Hafenmeister dafür eine Quittung.

»Haben Sie gesehen, wann die Friesenfreiheit wieder eingelaufen ist?«, wollte Enno wissen.

»Nee, da war ich gerade anderweitig beschäftigt. Aber am Montagmorgen war das Boot wieder korrekt an seinem Liegeplatz festgemacht.«

»Unsere neue Hauptverdächtige kann jedenfalls nicht leugnen, mit dem späteren Opfer allein auf See gewesen zu sein«, stellte der Oberkommissar auf dem Rückweg zum Auto fest. »Es bleibt nur noch die Frage nach dem Mordmotiv.«

»Ich habe eine Vermutung, aber am besten wäre natürlich ein umfangreiches Geständnis«, erwiderte Mona.

Als die Ermittler zur Polizeiwache zurückkehrten, erwartete sie dort eine positive Überraschung. Die Einzelverbindungsnachweise vom Telekommunikationsanbieter waren endlich eingetroffen.

»Warum soll man als Polizistin nicht auch mal Glück haben?« Mona freute sich. »Aus dieser Nummer kommt Nina jetzt nicht mehr heraus.«

Die Kommissarin vertiefte sich in ihre Unterlagen und vergaß Raum und Zeit. Plötzlich kam Grietje hereingestürmt. Sie hatte einen dunkelhaarigen Mann im Anzug bei sich.

»Das ist Dr. Jost Baumgart, der Rechtsbeistand eurer Mörderin«, stellte die Polizeimeisterin ihn vor.

»Frau Michels ist keine Mörderin, allenfalls eine Mordverdächtige«, schulmeisterte der Verteidiger. »Ich merke schon, dass meine Anwesenheit hier dringend notwendig ist.«

Grietje zuckte mit den Schultern und verdrückte sich. Zuvor streckte sie Dr. Baumgart hinter seinem Rücken allerdings noch die Zunge heraus. Mona schaute sich den Rechtsanwalt genauer an. Er war auf den ersten Blick attraktiv. Seine Sonnenbräune schien allerdings eher auf Solariumbesuchen als auf Strandaufenthalten zu basieren. Enno stellte Mona und sich selbst vor. Dann sagte er: »Sie wollen gewiss zunächst mit Ihrer Mandantin sprechen.«

»Ja, das sollte eigentlich selbstverständlich sein«, gab Dr. Baumgart hochnäsig zurück.

Der Oberkommissar führte den Anwalt zur Arrestzelle. Als Enno zurückkehrte, verdrehte Mona genervt die Augen.

»Das hat uns gerade noch gefehlt: Ein Ehrgeizling, der einen Stock verschluckt zu haben scheint.«

Der Ostfriese schmunzelte.

»Du wirst schon die richtigen Worte finden. Ich hoffe nur, dass du dein Temperament im Zaum hast.«

»Die Zeiten, in denen ich mich ständig in Schwierigkeiten gebracht habe, sind vorbei«, beteuerte die Kommissarin. Doch sie musste sich eingestehen, dass ihre Zunge manchmal immer noch schneller war als ihr Verstand. Wenn sie sich nicht zusammenriss, würde Dr. Baumgart ihr ernsthafte Schwierigkeiten machen.

Ungeduldig wartete sie, bis Nina sich mit ihrem Rechtsbeistand beraten hatte. Endlich wurden die beiden in den Verhörraum geführt. Mona und Enno stießen zu ihnen und nahmen am Tisch gegenüber der Verdächtigen und ihrem Verteidiger Platz.

Nina wirkte an diesem Tag ernst und angespannt. Ob sie in der Arrestzelle genug Schlaf gefunden hatte? Die Kommissarin erinnerte sich an ihr erstes Kennenlernen. Da hatte diese Frau ihr leidgetan. Doch wie hätte Mona ahnen können, dass Nina ihren Chef und Liebhaber auf dem Gewissen hatte?

Auch Polizisten waren keine Hellseher.

»Wir haben Ihre Mandantin im Verdacht, während der Nacht vom neunten auf den zehnten Juni diesen Jahres Hauke Clüver an Bord des Segelboots Friesenfreiheit ermordet zu haben.«

»Soso.« Dr. Baumgart kräuselte ironisch seine Lippen. »Können Sie diese Behauptung auch beweisen?«

Mona holte tief Luft. Sie nickte, wandte sich nun aber direkt an Nina.

»Wann sind Sie nach Borkum gekommen?«

»Am Sonntagnachmittag. Ich hatte zunächst irrtümlich behauptet, dass ich mit dem Katamaran angereist sei. In Wirklichkeit nahm ich die Autofähre.«

»Dann war das also keine bewusste Lüge?«, fragte Mona nach.

»Nein.«

»Schön, und welche Pläne hatten Sie?«

»Ich wollte meinen Chef treffen, Herrn Clüver.«

»In welcher Beziehung standen Sie zu ihm?«

»Er war mein Vorgesetzter an meinem Arbeitsplatz.«

»Also gab es keine private Verbindung zwischen Ihnen?«

»Nein.«

Die Kommissarin runzelte die Stirn. Was versprach Nina sich davon, die Affäre zu leugnen? Hoffte sie, dass die Ermittler ihr kein Motiv würden nachweisen können? Dabei hatte sie das Verhältnis gegenüber den Kommissaren zuvor schon eingeräumt. Nina wollte jetzt wohl retten, was noch zu retten war. Doch diese Absicht ging gründlich daneben.

Mona schlug ihr Notizbuch auf.

»Laut den Aussagen von Monika, Arne und Carola Clüver war für den Sonntagabend ein Mitternachtstörn mit der Motoryacht Persephone C geplant, an dem Sie ebenfalls teilnehmen sollten. Warum hat das nicht geklappt?«

»Ich kenne mich auf Borkum nicht aus und habe den Liegeplatz nicht gefunden«, behauptete die Verdächtige.

Der Kommissarin wurde es allmählich zu bunt.

»Nein, das stimmt nicht. Sie konnten gar nicht an Bord der Persephone C gehen, weil Sie zu dieser Zeit schon mindestens eine halbe Stunde auf See waren. Und zwar in Begleitung von Hauke Clüver. Das Boot hieß Friesenfreiheit.«

Der Anwalt schüttelte den Kopf.

»Eine abenteuerliche Behauptung, Frau Sander. Gibt es dafür irgendeinen Beweis?«

»Allerdings, Herr Dr. Baumgart. Wie Ihnen vielleicht bekannt ist, existieren auf unserer Insel zwei Yachthäfen. Der Burkana-Hafen ist ein Stück weit von dem festen Anlegeplatz der Persephone C entfernt. Ihre Mandantin und das spätere Mordopfer trafen sich am Burkana-Hafen und liefen mit der Friesenfreiheit aus. Das kann der Hafenmeister bezeugen. Und Frau Michels hat dieses Boot gemietet. Hier ist der Vertrag.«

Nina zuckte zusammen, als Mona dem Verteidiger das Dokument vorlegte.

»Das ist nicht meine Unterschrift«, murmelte sie.

Vorher konntest du besser lügen, dachte Mona grimmig. Sie sagte: »Meinetwegen können Sie bei dieser Behauptung bleiben. Ein grafologisches Gutachten wird das Gegenteil beweisen.«

»Na schön, ich habe dieses Boot gemietet!«, fauchte Nina. »Das beweist überhaupt nichts!«

»Überlassen Sie das Reden mir, Frau Michels«, forderte der Verteidiger. Dann wandte er sich an Mona: »Nun gut, meine Mandantin hat ein Segelboot gemietet. Und weiter?«

»Frau Michels verließ gemeinsam mit Herrn Clüver den Hafen«, warf Enno ein, »und sie kehrte allein zurück, während die Leiche ihres Chefs später am Südstrand angespült wurde.«

»Daraus schlussfolgern Sie, dass meine Mandantin Herrn Clüver getötet hat?«

Der spöttische Unterton in Dr. Baumgarts Stimme war nicht zu überhören.

Mona antwortete mit einem kalten Lächeln.

»Keineswegs. Es steht Frau Michels frei, uns die Wahrheit über die Ereignisse an Bord des Segelboots zu sagen.«

»Er hat noch gelebt, als er über Bord ging!«

Diesen Satz schrie Nina den Ermittlern entgegen. Ihr Anwalt war von dem plötzlichen Gefühlsausbruch offenbar genauso überrascht wie die Kommissare. Nun sprudelten die Worte nur so hervor.

»Hauke hat mich geliebt, das behauptete er jedenfalls! Zwischen seiner Frau und ihm lief doch schon lange nichts mehr. Aber er war so gern auf See, da konnte er völlig abschalten und sich vom Stress entspannen. Seine Familie hat das Geld gern genommen, das er verdient hat. Das war aber auch alles. Sie haben ihn nicht verstanden.«

»Sie sagen jetzt besser nichts mehr«, grollte der Verteidiger. Doch Nina beachtete ihn überhaupt nicht. Mit erhobener Stimme fuhr sie fort: »Ich wollte Hauke beweisen, dass wir viele Gemeinsamkeiten haben. Deshalb machte ich heimlich meinen Segelschein. Es sollte eine Überraschung für ihn werden. Hauke hatte mich eigentlich eingeladen, mit ihm und seiner Familie auf der Persephone C in See zu stechen. Darauf hatte ich aber überhaupt keine Lust. Also kam ich früher nach Borkum und schrieb Hauke eine SMS. Er sollte zum Burkana-Hafen kommen, wo ich auf ihn warten wollte.«

»Hatten Sie keine Angst, dass seine Frau dazwischenfunken würde?«

»Monika hat sich doch schon lange nicht mehr für ihn interessiert«, behauptete die Verdächtige. »Außerdem ließ Hauke sich von Monika ohnehin nichts vorschreiben.«

»Hauke Clüver kam also zum Burkana-Hafen«, vergewisserte Mona sich.

»Richtig. Die Überraschung schien ihm zu gefallen. Er hatte mir wohl nicht zugetraut, dass ich segeln könnte. Wir gingen an Bord der Friesenfreiheit, und ich steuerte das Boot aus dem Hafen heraus. Zuerst war alles wunderbar zwischen uns. Hauke machte mir ein Kompliment. Er meinte, dass ich Salzwasser im Blut hätte. Da fragte ich ihn, wann er sich von seiner Frau scheiden lassen wollte.«

»Er hatte es Ihnen in Aussicht gestellt?«, wollte Enno wissen.

Nina nickte. Ihre Augen schimmerten nun wieder feucht.

»Ja, Herr Moll. Doch Hauke lachte mich nur aus. Er fragte, ob ich ernsthaft daran geglaubt hätte. Seine Familie wäre ihm viel zu wichtig. Da sah ich rot. Ich nahm einen Bootshaken und schlug ihm damit auf den Kopf. Hauke verlor das Gleichgewicht und ging über Bord. Doch als er ins Wasser fiel, rief er noch meinen Namen. Das war das Letzte, was ich von ihm hörte.«

Mona zog die Augenbrauen zusammen.

»Und Sie kamen nicht auf die Idee, beizudrehen, einen Rettungsring zu werfen oder die Küstenwache zu alarmieren?«

»Das hätte ich tun sollen«, sagte Nina mit tonloser Stimme. »Aber ich konnte nicht, ich stand unter Schock.«

»Sie haben Hauke Clüver ertrinken lassen«, stellte Mona fest. Ihr Gegenüber senkte die Stimme.

»Meiner Mandantin ist keine Tötungsabsicht nachzuweisen«, behauptete Dr. Baumgart. »Es handelt sich allenfalls um eine fahrlässige Tötung.«

»Über die Anklage entscheidet die Staatsanwaltschaft«, erinnerte die Kommissarin. »Sie geben jedenfalls zu, Hauke Clüver mit dem Bootshaken geschlagen zu haben, woraufhin er in die Nordsee fiel und Sie Ihre Fahrt fortsetzten?«

»Ja.«

Die Stimme der Verdächtigen klang nun hell und dünn wie die eines jungen Mädchens.

»Wie ging es dann weiter?«, wollte Enno wissen.

»Ich kann Ihnen nicht mehr sagen, wie ich zurück in den Hafen gekommen bin. Dabei hoffte ich immer noch die ganze Zeit, dass Hauke sich gerettet hatte. Ich vertäute das Boot im Burkana-Hafen und ging hinüber zum Yachthafen, wo die Persephone C natürlich schon längst ausgelaufen war. Ich wartete in der Kälte, bis die Motoryacht endlich einlief. Die Familie war nicht begeistert von meinem Eintreffen. Das hatte ich auch nicht erwartet. Sie schienen jedenfalls nichts davon zu wissen, dass Hauke sich kurz vorher mit mir getroffen hatte. Also tat ich so, als ob ich nichts von Haukes Verbleib wusste.«

»Die Familie hat ernsthaft angenommen, dass er an Bord der Persephone C gewesen wäre«, sagte Mona.

»Ja, ich konnte es auch kaum glauben«, erwiderte Nina. »Natürlich stellte ich mich dumm. Und bereitete mich darauf vor, aufzufliegen.«

»Wäre es nicht einfacher gewesen, die Insel wieder zu verlassen?«, fragte die Kommissarin.

»Ich befürchtete, mich dadurch verdächtig zu machen. Doch an dem Abend, als du … als Sie mich kennengelernt haben, war ich mit den Nerven am Ende. Da habe ich erst so richtig begriffen, dass Hauke wahrscheinlich nie wiederkommen wird. Und seine Familie hat in der Nordsee Kombüse unbeschwert gefeiert.«

»Ja, es ging offenbar um Carola Clüvers Firmengründung. Sind Sie da schon auf die Idee gekommen, den Verdacht auf die Schwiegertochter zu lenken?«

»Das können Sie nicht beweisen.«

Mit diesen Worten unternahm der Rechtsanwalt noch einen Versuch, sich in das Zwiegespräch zwischen Mona und seiner Mandantin einzumischen. Aber er fand keine Beachtung.

»Nein, die Idee kam mir später«, räumte Nina freimütig ein. »Es hätte wirklich sein können, dass Carola von Hauke belästigt wurde und sie daraufhin etwas gegen ihn unternommen hat. Ich habe die Augen davor verschlossen, dass er eine Vorliebe für junge Frauen hatte. Nicht nur für mich.«

Die Tatsache, dass sie eine andere Person für ihr eigenes Verbrechen bezahlen lassen wollte, schien die Täterin nicht zu stören. Doch Mona wollte jetzt nicht auf diesem Thema herumreiten. Sie freute sich einfach nur darüber, dass sie ein Geständnis hatte.

Kapitel 20

»Du hast sie gemocht, oder?«

Diese Frage stellte Enno, als er einige Stunden später in ihr gemeinsames Büro zurückkehrte. Der Oberkommissar hatte den Rechtsanwalt zum Fährhafen gefahren. Nina Michels sollte am nächsten Morgen aufs Festland überstellt werden, um möglichst bald einen Haftprüfungstermin zu bekommen. Sobald die Täterin in Emden den dortigen Kollegen übergeben wurde, war die Borkumer Polizei nicht mehr für sie verantwortlich.

Mona war nicht untätig geblieben und hatte einigen Papierkram erledigt. Nun blickte sie auf.

»Ja, das kann man sagen. Erst tat sie mir nur leid, später fand ich sie sympathisch. Warum konnte sie den Mann nicht retten? Sein Verhalten war unter aller Kanone, darüber sind wir uns wohl einig. Doch den Tod hatte er nicht verdient, allenfalls einen Tritt in den Hintern.«

»Ich will dir nicht widersprechen, Mona. Allerdings befand Nina sich innerlich wohl in einem Ausnahmezustand.«

»Das geht mir ähnlich, solange wir nicht das Geheimnis dieses blutigen Ankers gelüftet haben. Oltbeck wird nichts davon hören wollen, er würde das Ding ja am liebsten entsorgen. Zum Glück sagt der kriminaltechnische Bericht eindeutig, dass sich an dem Metall menschliches Blut befindet. Und zwar von einer Frau.«

»Ich habe die Analyse auch gelesen«, erwiderte der Ostfriese. »Also forsten wir noch einmal die Vermisstenanzeigen durch? Als wir sie neulich gecheckt haben, ist doch nichts dabei herausgekommen.«

Mona stand von ihrem Schreibtischstuhl auf und reckte sich.

»Es herrscht ja kein Mangel an verschwundenen weiblichen Personen. Die Frage lautet nur, ob eine von ihnen sich auf Borkum befindet und verletzt oder getötet wurde.«

»Allein die Blutspuren sagen nicht viel aus«, meinte Enno. »Wir könnten von den Familien DNA-Proben der vermissten Frauen und Mädchen anfordern. Die Kriminaltechnik könnte dann einen Abgleich mit dem genetischen Fingerabdruck auf dem Anker machen. Allerdings gibt es allein in Niedersachsen ein paar Dutzend Fälle.«

»Und wir wissen nicht, ob die Person aus unserem Bundesland stammt«, murmelte Mona. »Wir schauen die aktuellen Vermisstenanzeigen sowieso jeden Tag durch.«

Enno nickte.

»Bisher gibt es keine Hinweise darauf, dass eine der Personen Richtung Borkum gereist ist.«

Das war der Kommissarin ebenfalls bewusst. Sie schaute sich noch einmal die Fotos von dem Faltklappanker genau an. Dabei nahm sie sogar eine Lupe zu Hilfe. Trotz modernster Technik leistete dieses Gerät aus den Zeiten von Sherlock Holmes immer noch ausgezeichnete Dienste.

»Der Anker ist bisher noch niemals benutzt worden«, murmelte sie. »Normalerweise wird er an einer Kette oder einem Seil befestigt. Doch es gibt hier keinerlei Gebrauchsspuren.«

Der Oberkommissar zuckte mit den Schultern.

»Worauf willst du hinaus? Es handelt sich vielleicht um einen Reserveanker, der noch niemals zum Einsatz kam.«

»Ja, möglicherweise. Wir haben uns bei der Suche nach dem Besitzer immer nur auf die Freizeitkapitäne konzentriert. Und wenn der Anker nun gar nicht von einem Boot, sondern von einem Schiffsausrüster stammt?«

»Oder aus dem Internet, dort kannst du solche Gerätschaften nämlich auch bestellen«, erinnerte Enno. »Aber hier vor Ort können wir zumindest mal beim alten Kerk nachfragen. Der hat den einzigen Laden dieser Art auf der Insel.«

»Dann sollten wir das möglichst bald tun.«

Mona war tatendurstig. Zwar war sie erleichtert darüber, die Todesumstände von Hauke Clüver aufgeklärt zu haben. Doch solange sie ein ungelöstes Rätsel auf ihrem Schreibtisch hatte, fand sie keine Ruhe. Die Frau, deren Blut an dem Metall klebte, war eventuell noch am Leben und hoffte auf Hilfe. Die Kommissarin musste sich unbedingt Gewissheit verschaffen.

Die Ermittler meldeten sich ab und fuhren wenig später auf der Reedestraße Richtung Hafen.

»Was ist dieser Kerk für ein Mensch, Enno? Ich wette, dass du ihn seit einer halben Ewigkeit kennst.«

»Das kann man wohl sagen. In meiner Erinnerung war er schon während meiner Schulzeit alt. Die Familie führt das Schiffsausrüstergeschäft schon in dritter Generation, soweit ich weiß. Cornelius ist ein eingefleischter Junggeselle, für ihn gibt es nur seinen Laden. Ansonsten kann ich dir nicht viel über ihn sagen. Am besten bildest du dir selbst ein Urteil.«

Kerk Nautik befand sich in der Oostkaje, in unmittelbarer Nähe des Yachthafens. Mona war schon etliche Male an dem Ladenlokal vorbeigekommen, ohne es eines Blickes zu würdigen. Sie schaute sich gern Schiffe und Boote an, war aber selbst keine Seglerin.

Enno stieß die Tür auf, eine kleine Glocke klingelte. Der Kommissarin stieg sofort der Geruch nach Schmieröl und kaltem Pfeifenrauch in die Nase. Bei dem Schiffsausrüster herrschte drangvolle Enge. Die hohen Regale waren mit Tauen, Persennings, Ölzeug, Schwimmwesten, Rettungsringen, Morselampen, Signalleuchten sowie unzähligem weiterem nautischem Zubehör vollgestopft. Und es gab auch einen Pappkarton, in dem neue Faltklappanker lagen. Sie sahen genauso aus wie das Exemplar mit dem eingetrockneten Blut.

Bevor Mona diesen Gedanken weiterverfolgen konnte, kam eine schmale Gestalt aus dem schmalen dunklen Korridor hinter dem Verkaufstresen.

»Moin, Enno! Willst du dir endlich mal ein Boot zulegen? Ist das deine Tochter?«

Mit diesen Worten wurde der Oberkommissar von dem Schiffsausrüster begrüßt. Mona schaute sich Cornelius Kerk genauer an.

Seine Gesichtshaut erinnerte sie an das Pergament einer alten Landkarte. Der schmale Schädel wurde von einem weißen Spitzbart geziert. Über den Rand seiner John-Lennon-Brille hinweg warf Kerk seinen Besuchern misstrauische Blicke zu. Und obwohl er Enno mit dessen Vornamen angeredet hatte, schien ihm das Erscheinen der Kommissare gar nicht recht zu sein. Seine ganze Körpersprache drückte nach Monas Meinung Abwehr aus.

Ihr Kollege ließ sich davon nicht irritieren.

»Nee, Cornelius. Wasser hat keine Balken, und wenn ich mal in See stechen will, dann reicht mir die Emden-Fähre für einen Besuch bei meinem Bruder vollkommen aus. Und Mona ist nicht meine Tochter, sondern meine Kollegin Mona Sander.«

»Verstehe, du bist ja beim Zoll.«

»Bei der Polizei«, berichtigte Enno.

Kerk nickte langsam und zog eine kurze Shag-Pfeife aus seiner Westentasche. Er stopfte Tabak in den Kopf, schob das Mundstück zwischen seine gelben Zähne und zündete das Rauchgerät an.

»Wenn du kein Boot hast, was wollt ihr dann hier?«

Enno wollte antworten, doch Mona kam ihm zuvor. Sie deutete auf den Karton mit den Faltklappankern.

»Verkaufen Sie viele von den Dingern?«

»Das sind keine Dinger, sondern Anker, kleines Fräulein«, erwiderte Kerk herablassend. »Warum wollen Sie das wissen?«

Normalerweise wäre Mona ausgeflippt, wenn jemand sie so respektlos anredete. Bei dem Schiffsausrüster machte sie jedoch eine Ausnahme, und zwar nicht aus Hochachtung vor seinem stolzen Alter. Sie schätzte ihn auf Ende siebzig, vielleicht noch älter. Und wenn sie sich auf ihre Menschenkenntnis verlassen konnte, dann hatte dieser Mann etwas zu verbergen. Es lohnte sich, tiefer zu graben.

»Reine Neugierde«, behauptete die Ermittlerin. »Können Sie sich noch erinnern, wann Sie den letzten von diesen *Ankern* verkauft haben?«

Sie betonte das Wort ironisch. Kerk würdigte sie keiner Antwort, sondern wandte sich an Enno.

»Was soll dieser Zirkus? Wollt ihr hier ein Quiz veranstalten?«

»Beantworte bitte einfach die Frage, die Mona dir gestellt hat«, bat der stämmige Ostfriese freundlich.

Kerk grummelte etwas Unverständliches und holte ein dickleibiges Kassenbuch aus dem Regal hinter sich. Während er Tabakwolken Richtung Decke paffte, blätterte er die Seiten um. Das einundzwanzigste Jahrhundert hatte in die Geschäftsräume dieses Schiffsausrüsters offensichtlich noch keinen Einzug gehalten. Monas Blick schweifte weiterhin durch den Laden. Sie erblickte weit und breit nichts Elektronisches, auch die Registrierkasse schien mindestens ein halbes Jahrhundert auf dem Buckel zu haben.

»Ich habe den letzten Faltklappanker vor acht Wochen verkauft«, erklärte Kerk. »Seid ihr nun zufrieden?«

Die Kommissarin zeigte auf den Pappkarton.

»Wenn Sie gerade nicht aufpassen, könnte man leicht so einen Anker klauen. Haben Sie kein Warensicherungssystem?«

Der Alte schaute sie an, als ob sie den Verstand verloren hätte. Erneut ignorierte er sie völlig.

»Enno, ist das Fräulein wirklich Polizistin oder nicht eher Komikerin?«

Der Oberkommissar warf seiner Kollegin einen besorgten Blick zu. Er hatte Monas Temperamentsausbrüche schon oft genug miterlebt. Doch in diesem Fall grinste sie Kerk einfach nur an.

»Ja, da war ich wohl auf dem falschen Dampfer«, plapperte sie. »Leider habe ich keinen blassen Schimmer von der Seefahrt. Ich hatte diese Dinger erst gar nicht für Anker gehalten. Stattdessen nahm ich an, dass es Schlagwaffen wären.«

Der Schiffsausrüster zuckte zusammen. Er hatte sich offenbar um Selbstbeherrschung bemüht. Trotzdem behielt er seine Gesichtsmuskeln nicht ganz unter Kontrolle, als Mona den letzten Satz von sich gab.

»Schlagwaffen, so ein Unsinn«, grummelte er. »Habt ihr nichts Besseres zu tun, als mir die Zeit zu stehlen?«

»Wir haben schon erfahren, was wir wissen wollten«, gab die Kriminalistin zurück. »Ich wünsche Ihnen noch einen schönen Tag.«

Sie wandte sich zum Gehen, Enno folgte ihr. Sie glaubte, die bohrenden Blicke des Alten in ihrem Rücken zu spüren. Als die beiden ins Auto stiegen, sagte der Ostfriese: »Ich hätte es nie für möglich gehalten, dass Cornelius Kerk in ein Verbrechen verwickelt sein könnte.«

»Borkum ist eben immer für eine Überraschung gut«, erwiderte Mona.

Kapitel 21

Auf der Rückfahrt zur Dienststelle sprachen die Ermittler weiter über die Begegnung mit dem Schiffsausrüster.

»Also bist du auch der Meinung, dass Kerk nicht ganz sauber ist, Enno?«

»Cornelius hat sich wirklich merkwürdig verhalten. Allerdings war er immer schon ein Sonderling, womöglich ist er mit den Jahren immer wunderlicher geworden. Mein Bauchgefühl sagt mir, dass er etwas vor uns verbergen wollte.«

Mona lächelte.

»Ich dachte immer, dass ich bei uns für vage Vorahnungen zuständig wäre.«

»Es ist mir nicht entgangen, wie du Cornelius auf den Zahn gefühlt hast. Als das Wort *Schlagwaffen* über deine Lippen kam, wäre ihm beinahe die Pfeife aus dem Mund gefallen.«

»Fein, dass es dir auch aufgefallen ist. Oltbeck müssen wir unsere Eindrücke gar nicht erst schildern. Für den zählen nur Fakten, sonst nichts.«

»Dann werden wir eben Beweise zusammentragen«, schlug Enno vor. »Ich kann mir immer noch nicht vorstellen, dass Cornelius mit einem Faltklappanker auf eine Frau losgegangen ist. Vor allem: Auf wen? Soweit ich weiß, ist er nicht verheiratet und hat auch keine weiblichen Verwandten auf der Insel. Es gibt eine Schwester, die lebt allerdings schon seit Jahrzehnten auf dem Festland, in Wiesmoor.«

»Es wäre möglich, dass sie ihn besucht hat. Dann gab es Streit, und Kerk griff jähzornig zum nächstbesten Gegenstand.«

Der Oberkommissar schüttelte den Kopf.

»Und verliert den Anker dann bei der Reedestraße, wo ihn jeder sehen kann? Für so dumm halte ich Cornelius nicht.«

»Noch wissen wir nicht, unter welchen Umständen die Tatwaffe dort gelandet ist«, erinnerte die Kommissarin. »Wir könnten einfach in Wiesmoor anrufen und uns vergewissern, ob die Schwester dort ist und es ihr gut geht.«

»Das übernehme ich«, sagte Enno. »Ich kenne Swantje nämlich.«

Als die Kommissare in ihr Büro zurückgekehrt waren, bewunderte Mona wieder einmal das gute Gedächtnis ihres Kollegen. Er erinnerte sich noch an den Namen des Mannes, den Swantje Kerk geheiratet hatte. Daher war es kein Problem, die Telefonnummer herauszufinden. Enno schaltete den Lautsprecher an seinem Apparat ein, damit Mona mithören konnte. Das Freizeichen ertönte, dann meldete sich eine Frau.

»Berning.«

»Moin, Swantje. Hier spricht Enno. Erinnerst du dich noch an mich?«

Einen Moment lang herrschte Schweigen. Frau Berning dachte wahrscheinlich nach.

»Enno Moll, richtig? Wir haben uns bestimmt seit zwanzig Jahren nicht gesprochen. Warum rufst du an?«

»Aus keinem bestimmten Grund, Swantje. Ich wollte nur einfach hören, wie es dir so geht.«

»Ich hatte vor zwei Jahren eine Hüftoperation, aber ich kann schon wieder ganz gut laufen. Enno, sag mir die Wahrheit! Du bist doch immer noch bei der Polizei, oder?«

»Das ist richtig.«

»Ist Cornelius etwas zugestoßen?«

»Nicht, dass ich wüsste. Ich habe heute mit ihm gesprochen, da ging es ihm gut.«

»Gott sei Dank.« Frau Berning machte eine kleine Pause, bevor sie weitersprach. »Hat Dirk etwas angestellt?«

Es entging Mona nicht, dass die Stimme besorgt klang.

»Wer ist Dirk?«, fragte ihr Kollege zurück.

»Dirk Berning, mein Enkelsohn. Er wohnt momentan bei Cornelius.«

»So? Ich habe den jungen Mann nicht getroffen. Warum glaubst du denn, dass er eine Dummheit gemacht haben könnte?«

»Das habe ich nicht behauptet, Enno.«

»Du wolltest wissen, ob Dirk etwas angestellt hätte«, erinnerte der Oberkommissar.

»Na ja, das sagt man doch so.«

Die Schwester des Schiffsausrüsters schien ihre eigenen Worte zu bereuen. Enno ließ nicht locker.

»Du kannst mir vertrauen, Swantje. Was ist mit deinem Enkel los?«

Die Frau stieß einen langen Seufzer aus, bevor sie antwortete.

»Dirk hatte vor drei Jahren einen schweren Motorradunfall und hat wochenlang im Koma gelegen. Seitdem ist er etwas … anders.«

»Und du hast befürchtet, dass Dirk in Schwierigkeiten stecken könnte?«

»Er ist ein guter Junge. Die Menschen verstehen es nur manchmal nicht, wenn jemand in seiner eigenen Welt lebt.«

»In meinem Beruf bekommt man es mit den unterschiedlichsten Leuten zu tun. Hilft Dirk bei Cornelius im Laden aus?«

»Ich glaube schon. Jedenfalls dann, wenn es ihm möglich ist. Er kann sich nicht lange konzentrieren. Es tut ihm gut, auf Borkum zu sein. Mein Enkel liebt die Nordsee.«

»Wer tut das nicht?«

»Ich danke dir für deinen Anruf, Enno. Du würdest mir nicht verschweigen, wenn Dirk Probleme macht, oder?«

»Nein, Swantje. Ich wünsche dir noch einen schönen Tag.«

Mit diesen Worten legte der Kriminalist den Hörer auf. Mona schaute ihn fragend an.

»Kerk hat seinen Großneffen mit keiner Silbe erwähnt.«

»Wir haben ihn ja auch nicht danach gefragt.«

»Ach, komm schon, Enno! Frau Berning hat sofort befürchtet, dass ihr Enkel Mist gebaut haben könnte. Wir sollten den Knaben mal genauer unter die Lupe nehmen.«

Bevor der Oberkommissar antworten konnte, klopfte es an der Bürotür. Gleich darauf trat Oltbeck ein. Der Chef wirkte überrascht.

»Sie sind noch hier? Die Ermittlungen im Fall Hauke Clüver sind abgeschlossen. Jetzt können Sie wieder auf die Straße gehen und sich der Bekämpfung von Diebstahlsdelikten widmen.«

»Es gibt noch ungeklärte Fragen, die den Anker betreffen«, sagte Mona.

»Ich habe verstanden, dass diese Sache Ihnen ganz besonders wichtig ist, Frau Sander«, grollte der Dienststellenleiter. »Doch solange es keinen Hinweis auf eine Straftat gibt, hat diese Fundsache keine Priorität. Meinetwegen können Sie sich damit befassen, wenn Ihre anderen Aufgaben erledigt sind. Aber bis dahin möchte ich Sie im Einsatz gegen Taschendiebe sehen.«

***

Mona fügte sich in ihr Schicksal. Wenn ihr Vorgesetzter eine klare Anweisung gab, konnte sie sich schlecht verweigern. Eigentlich gefiel es ihr sogar, die harmlose Touristin zu spielen und Langfinger auf frischer Tat zu ertappen.

Aber nicht, solange womöglich ein Mörder auf freiem Fuß war!

Enno schien wieder einmal ihre Gedanken lesen zu können.

»Du musst Oltbeck verstehen«, meinte er, als die Ermittler wenig später Seite an Seite scheinbar ziellos über die Strandstraße schlenderten. »Es gibt keine Leiche und keine Strafanzeige wegen Körperverletzung. Zumindest keine, die man mit dem Faltklappanker in Verbindung bringen könnte. Und zumindest von Swantje Berning wissen wir nun, dass sie sich bester Gesundheit erfreut.«

»Es ist ja möglich, dass dieser Dirk völlig harmlos ist«, räumte Mona ein. »Ich will aber unbedingt mit ihm sprechen. Wenn er uns nicht verdächtig erscheint, können wir ihn zumindest ausschließen.«

»Ich kenne den jungen Mann nicht«, brummte Enno. »Und wenn ich an Cornelius' Verhalten uns gegenüber denke, dann kann eine Überprüfung zumindest nichts schaden. Der alte Knabe scheint wirklich etwas vor uns verbergen zu wollen. Womöglich geht es dabei wirklich um Dirk.«

»Jaaa«, erwiderte Mona gedehnt. »Was hältst du denn von der jungen Dame da vor uns? Könnte das eine Kandidatin sein?«

Die Ermittlerin deutete mit einer Kinnbewegung auf eine schlanke Frau mit langen braunen Haaren, die knielange Jeans-Shorts, Turnschuhe und eine rote Baumwolljacke trug. Sie hatte eine große ausgebeulte Umhängetasche über der linken Schulter. Mona schlussfolgerte ihr Alter aus ihrer Körpersprache und ihren Bewegungen. Außerdem entsprach der Kleidungsstil dem eines jungen Mädchens. Die Kommissarin hätte selbst nicht genau sagen können, warum sie die Brünette für eine Taschendiebin hielt. Mit der Zeit hatte Mona ein Bauchgefühl für bestimmte Delikte entwickelt, das sie nur selten trog.

Die Verdächtige bewegte sich langsam, wobei sie stets hinter einer Frau im Sommerkleid mit einer teuren Designer-Handtasche blieb. Diese war offen, was nach Ansicht der Kommissarin wie eine Aufforderung zum Diebstahl wirkte. Sie und ihr Kollege hatten schon oft genug leichtsinnigen Urlaubern ins Gewissen geredet. Viele Touristen hielten Borkum für eine Insel der Seligen, wo es keine Verbrechen gab. Zwar war die Kriminalitätsrate weitaus geringer als in Großstädten auf dem Festland, doch deshalb musste man es den Langfingern nicht besonders einfach machen.

Die Brünette hatte nicht bemerkt, dass sie nun ihrerseits von Zivilfahndern verfolgt wurde. Die Handtaschen-Besitzerin ging durch die Bismarckstraße auf den Strand zu. Die Verdächtige blieb an ihr dran.

Und dann kam für die Diebin eine gute Gelegenheit.

Die Sommerkleidfrau hatte nämlich eine Eistüte in der Hand. Sie wusste anscheinend nicht, dass einige Möwen besonders angriffslustig waren, wenn es um Essbares ging. Eines dieser Tiere stieß jedenfalls wie ein Kamikaze-Flugzeug kreischend auf die Dame hinab. Diese stieß einen Schreckensschrei aus und riss abwehrend die Arme hoch. Sie bemerkte nicht, dass die Brünette blitzschnell in ihre Handtasche griff.

Doch Mona war es nicht entgangen.

Die Diebin beschleunigte nun ihre Schritte. Mona schloss zu ihr auf, gefolgt von Enno. Sie berührte die Brünette an der Schulter.

»Moin, Polizei Borkum. Ich hätte gern Ihren Ausweis …hey!«

Die junge Frau riss sich los und begann zu rennen. Für einen Moment erblickte die Kommissarin ihr erschrockenes Gesicht. Sie konnte kaum älter als sechzehn oder siebzehn Jahre sein. Die Brünette kam Mona bekannt vor, aber darüber konnte sie sich später Gedanken machen. Jetzt galt es zunächst, das Früchtchen einzufangen. Die Diebin rannte, als ob alle Heerscharen der Hölle hinter ihr her wären. Dabei schlängelte sie sich zwischen Touristengruppen durch und stieß Leute einfach zur Seite, die ihr im Weg standen.

»Polizei! Stehen bleiben!«, rief Mona gellend. Sie war mindestens fünfzehn Jahre älter als das kriminelle Mädchen, doch die Kommissarin war gut im Training. Dabei blieb sie der Fliehenden dicht auf den Fersen. Die Brünette überquerte die Jann-Berghaus-Straße und sprang die breiten Stufen zur Promenade hinab. Dort warf sie einen Blick über die Schulter nach hinten. Und musste feststellen, dass Mona immer noch hinter ihr war.

Der weibliche Langfinger schlug einen Haken und wollte über eine der steilen Metalltreppen zum Strand entkommen. Doch sie verfehlte eine Stufe und fiel in den Sand.

Fluchend kam sie wieder hoch und wollte die Flucht fortsetzen. Doch der Sturz hatte sie ihren Vorsprung gekostet. Nun konnte Mona sie anspringen und zu Boden bringen.

»Lass mich los, verdammt!«, keifte die Kleine. Nun glaubten auch einige Badegäste, sich einmischen zu müssen.

»Was soll das werden?«, grollte ein Kerl mit tätowiertem Oberkörper. Das hatte der Kommissarin gerade noch gefehlt. Während sie versuchte, die Taschendiebin in den Griff zu bekommen, hielt sie mit ihrer freien Hand den Dienstausweis hoch.

»Polizei! Gehen Sie weiter, hier gibt es nichts zu sehen!«

Immerhin kamen die Touristen nicht näher, doch einige von ihnen filmten bereits aus sicherer Entfernung mit ihren Smartphones. Mona knirschte mit den Zähnen. Sie verabscheute diese Sensationsgier, aber daran ließ sich aktuell nichts ändern.

»Wenn du brav bist, können wir uns eine ganze Menge Stress ersparen«, appellierte Mona an die Jugendliche. Sie bekam keine Antwort, doch die kurze Verfolgungsjagd schien den Teenager erschöpft zu haben. Zumindest wehrte die Brünette sich nicht weiter, als Mona ihr Handschellen anlegte.

Nun kam auch Enno durch den weichen Sand auf die beiden Frauen zugestapft. Er schnaufte wie die Dampflokomotive des Borkumer Museumszuges in voller Fahrt.

»Du kannst schon mal den Wagen holen«, bat Mona. »Ich möchte unserer jungen Freundin den Fußmarsch zur Polizeistation ersparen. Bei der Hitze sollte man jede unnötige Bewegung vermeiden.«

»Du bist nicht witzig!«, fauchte die festgenommene Taschendiebin.

»Mit diesem Schicksal habe ich mich abgefunden«, gab Mona trocken zurück. Ihre Ahnung, wo sie das Gesicht des jungen Langfingers schon einmal gesehen hatte, verfestigte sich. Die Kriminalistin konnte es kaum abwarten, wieder auf der Dienststelle zu sein.

Enno eilte zur Polizeistation zurück und fuhr den Opel Vectra zu der Stelle, wo die Bismarckstraße über der Promenade endet. Die Ermittler schafften die Taschendiebin mit vereinten Kräften im Auto zur Wache. So eine Verfolgungsjagd kam eher selten vor. Die meisten Langfinger waren so perplex, dass sie bei ihrer Festnahme keinen Fluchtversuch unternahmen. Mona hatte der Jugendlichen die Handschellen schon wieder abgenommen, nachdem sie sich nun friedlich verhielt. Die Brünette wirkte nun eher verzagt als aggressiv. Ob es sich um ihren ersten Diebstahlversuch handelte? Daran zweifelte die Kommissarin, denn die Geldbörse war kaltblütig und routiniert entwendet worden.

Während Mona hinter der Jugendlichen hergerannt war, hatte Enno bereits die Personalien der Bestohlenen aufgenommen. So konnte die

Frau mit der Designer-Handtasche ihr Eigentum möglichst bald zurückerhalten. Momentan wurde die Taschendiebin noch erkennungsdienstlich behandelt. Die Kommissarin checkte in der Zwischenzeit noch einmal die Vermisstenanzeigen. Bei der Leibesvisitation hatte sie bereits den Schülerausweis des Mädchens gefunden. Und jetzt wurde der Verdacht zur Gewissheit.

»Deine Eltern machen sich gewiss große Sorgen um dich, Kea Dürer.«

Mit diesen Worten sprach Mona die Taschendiebin an, als Grietje sie wenig später in das Dienstzimmer der Ermittler brachte.

Kea verzog den Mund.

»Glaubst du das echt?«

Mona ging darüber hinweg, dass sie von Kea einfach geduzt wurde. Es ging ihr darum, den Gesprächsfaden nicht abreißen zu lassen.

»Nimm doch Platz. Wie wäre es mit einem Tee?«

»Ich hätte lieber eine Cola.«

Die Kriminalistin zuckte mit den Schultern und ging in die Teeküche. Sie kehrte mit einer Koffeinbrause zurück. Kea riss die Dose auf und trank durstig. Inzwischen hatte sie sich auf Monas Besucherstuhl gepflanzt.

»Deine Eltern haben bei meinen Kollegen in Bremen vor zwei Wochen eine Vermisstenanzeige aufgegeben. Was hast du seitdem gemacht?«

»Wir waren hier und da.«

Mona hakte nach.

»Wir – was soll das heißen?«

Das Teenagergesicht verdüsterte sich.

»Meine Freundin Marie und ich.«

Die Kommissarin runzelte die Stirn und schaute sich die Vermisstenfälle noch einmal genau an.

»Sprichst du von Marie Lübbe, ebenfalls aus Bremen stammend?«

»*Aus Bremen stammend* – klingt komisch, aber vielleicht müssen Beamte so reden. Ja, Marie Lübbe ist meine Freundin.«

»Dann seid ihr gemeinsam von daheim weggelaufen?«

»Du hast es erraten.«

»Und aus welchem Grund?«

»Unsere Eltern sind ätzend, wollen uns alles verbieten. Die Schule nervt auch nur noch – Zeit für einen Tapetenwechsel.«

»Wie viele Taschendiebstähle hast du schon begangen?«

Zunächst schien es, als ob Kea die Frage nicht beantworten wollte. Doch nach kurzem Schweigen sagte sie: »Ein paar.«

»Genauer geht es nicht?«

»Ich führe nicht Buch darüber.«

»Hat Marie auch mal was mitgehen lassen?«

»Sie ist zu ängstlich dafür. Man muss ruhig bleiben und im richtigen Moment schnell handeln.«

»Befindet sich deine Freundin auch auf Borkum?«

»Das weiß ich nicht.«

»Habt ihr euch zerstritten?«

»Nein!« Plötzlich klang Kea verzweifelt. »Marie war plötzlich wie vom Boden verschluckt. Ich habe Angst, dass ihr etwas zugestoßen ist.«

Bei Mona schrillten sämtliche Alarmglocken.

»Ihr seid aber zusammen auf die Insel gekommen?«

»Ja, richtig. In einer der ersten Brieftaschen, die ich geklaut habe, waren Fährtickets nach Borkum. Für uns war das ein Wink des Schicksals. Wir dachten uns, dass wir jetzt im Sommer gut ein paar Wochen auf der Insel chillen könnten. Marie und ich pennten in unseren Schlafsäcken am Strand oder zwischen den Dünen. Doch als ich nach einer Klautour zu unserem Lagerplatz zurückkehrte, war sie fort. Aber ihre Sachen waren alle noch da. Außer dem Zeug, das sie auf dem Leib trug.«

»Wann war das, Kea?«

»Am letzten Sonntag, glaube ich.«

Kapitel 22

Die Kommissarin schenkte sich die Frage, aus welchem Grund Kea nicht zur Polizei gegangen war. Als Ausreißerin wäre sie sofort ihren Eltern übergeben worden. Und ein anonymer Anruf bei der Dienststelle? Daran hatte das Mädchen offenbar einfach nicht gedacht. Für Vorwürfe war jetzt sowieso nicht der richtige Zeitpunkt. Es kam darauf an, so viel wie möglich über Marie zu erfahren.

»Hattet ihr immer denselben Lagerplatz oder wechselte der auch mal?«

»Wir sind jeden Abend umgezogen. Es schien uns zu riskant, immer an derselben Stelle zu bleiben. Am Ende wären noch die Bul… die Polizisten auf uns aufmerksam geworden.«

»Okay, das ist aus eurer Sicht nachvollziehbar. Ist dir mal jemand aufgefallen, der euch beobachtet hat?«

»Du meinst – ein Spanner?«

»Das habe ich nicht gesagt. Vielleicht war es auch nur eine Person, die euch mehr als einmal über den Weg gelaufen ist. Und bei der ihr das Gefühl hattet, dass die Begegnung kein Zufall war.«

»Ich weiß nicht …«

»Denk nach, Kea!« Mona beugte sich vor. »Ich will den Teufel nicht an die Wand malen, aber deiner Freundin ist womöglich etwas geschehen. Du bist momentan die Einzige, die ihr helfen kann.«

Die Augen des Mädchens wurden feucht.

»Glaubst du, das weiß ich nicht? Ich habe mir eingeredet, dass Marie vielleicht sauer auf mich wäre und deshalb abgehauen ist. Doch damit habe ich nur mich selbst belogen.«

»Hast du sie denn nicht angerufen?«

»Unsere Handys haben wir natürlich ausgeschaltet, sonst wären wir ja zu orten gewesen.«

Die Kommissarin nickte. Für sie selbst war dieser Gedankengang selbstverständlich. In der heutigen Zeit wussten offenbar auch Ausreißerinnen im Teenageralter bestens über die technischen Möglichkeiten der Polizei Bescheid. Kea schnippte mit den Fingern.

»Mir ist gerade noch etwas eingefallen! Da war jemand auf einem grünen Fahrrad. Der hat uns mindestens drei Mal aus der Ferne angeglotzt. Vielleicht noch öfter, aber dann hab ich es nicht bemerkt.«

»War das ein Mann oder eine Frau? Groß oder klein? Alt oder jung? Dick oder dünn? Welche Kleidung trug die Person?«

»Keine Ahnung. Der Typ war einfach zu weit entfernt, um Genaueres erkennen zu können. Mir ist nur die Farbe von dem Rad aufgefallen.«

»Der Typ, sagst du. Also bist du dir sicher, dass es sich um einen Mann handelte?«

»Beschwören würde ich es nicht«, räumte der Teenager ein.

Mona machte sich Notizen.

»Hat der Radfahrer euch an demselben Lagerplatz beobachtet? Oder an verschiedenen Stellen?«

»Warum ist das wichtig?«, fragte Kea zurück.

»Er könnte euch ja gesucht haben, nachdem ihr umgezogen seid.«

Die Taschendiebin nickte eifrig.

»Das stimmt, so war es auch. Erst haben wir am Strand kampiert, aber dann sahen wir von Weitem einen Streifenwagen auf der Promenade und kriegten Panik. Wir hauten ab und ließen uns weiter im Inneren der Insel nieder, bei so einem Deich.«

»Und du bist sicher, dass es jedes Mal das gleiche Fahrrad war?«

»Ja, eigentlich schon.« Kea senkte den Kopf. »Glaubst du, dass Marie noch lebt?«

Die Kommissarin wusste nicht, was sie darauf antworten sollte. Zum Glück kam in diesem Moment Enno herein.

»Ich habe gerade mit deinen Eltern gesprochen, Kea. Sie sind heilfroh, dass dir nichts passiert ist. Deine Mutter trifft heute noch mit dem Flieger auf Borkum ein, um dich abzuholen.«

Die Jugendliche schien gar nicht zugehört zu haben. Sie sprach noch einmal Mona an.

»Ich habe alles falsch gemacht, oder?«

Die Ermittlerin wusste, dass damit nicht die Taschendiebstähle gemeint waren. Wenn die Polizei frühzeitig von Maries Verschwinden erfahren hätte, wäre eine zeitnahe Suchaktion möglich gewesen. Jetzt mussten die Beamten mit tagelanger Verzögerung nach dem Mädchen Ausschau halten.

»Du kannst uns immer noch helfen, indem du uns eure Lagerplätze zeigst«, erwiderte Mona. Der Oberkommissar warf ihr einen fragenden Blick zu. Sie brachte ihn mit wenigen Sätzen auf den neuesten Stand.

Die Kommissare machten sich mit Kea im Dienstwagen auf den Weg. Offenbar hatten die Ausreißerinnen sich zunächst einen Strandabschnitt auf Höhe des Traditionsrestaurants *Heimliche Liebe* als Quartier gesucht.

»Tagsüber sind wir hier nicht weiter aufgefallen«, sagte Kea. »Aber nachts kam es uns riskant vor, unsere Schlafsäcke auszubreiten. Schließlich konnte man uns schon von Weitem sehen, solange es noch einigermaßen hell war.«

Mona nickte.

»Und wo hast du diesen Radfahrer gesehen?«

»Hier.«

Das Mädchen zeigte auf die Stelle, wo bei der Heimlichen Liebe die Süderstraße auf der Promenade endete. Von dort aus hatte man einen guten Blick auf einen weiten Strandabschnitt. Allerdings kamen hier sehr viele Urlauber und Einheimische zu Fuß und per Rad vorbei. Wer ein Verbrechen begehen wollte, musste mit Zeugen rechnen.

Die zweite Lagerstätte der Ausreißerinnen war schon etwas schwieriger zu finden. Die Kommissarin konnte nachvollziehen, warum sie sich dort niedergelassen hatten. Einen Steinwurf weit vom Tüskendördeich entfernt gab es ein kleines Gehölz, das einen gewissen Sichtschutz bot. Von der Deichkrone aus hatte man allerdings trotzdem Einblicke.

»Und hier ist dir die Person auf dem grünen Rad noch mal aufgefallen?«

Kea beantwortete Monas Frage mit einem Nicken.

»Glaubst du, dass er Marie … etwas angetan hat?«

»Wir wollen deine Freundin unbedingt finden, und dabei musst du uns helfen«, sagte die Kommissarin eindringlich, und Enno nickte. »Versuch, dich an den vorigen Sonntag zu erinnern. Was ist genau geschehen? Wann hast du Marie zum letzten Mal gesehen?«

»Wir haben gepennt, bis ich gegen zehn Uhr aufgestanden bin. Mein Plan war, in den Ort zu gehen, um noch etwas zu klauen. Marie bat mich, ein paar Brötchen fürs Frühstück mitzubringen. Ich hatte noch etwas Geld, weil ich mir am Samstag ein Portemonnaie greifen konnte. Dann haben Marie und ich Party gemacht.«

Kea sprach mit den Polizisten nun offen über ihre Straftaten. Das war Mona nur recht, denn sie wussten ja sowieso schon von den

Taschendiebstählen. Für die Kommissarin stand nun das Schicksal des verschwundenen Mädchens im Vordergrund.

»Wie ging es weiter, Kea?«

»Ich musste zu Fuß in den Ort latschen, weil der Bus am Wochenende nur alle Jubeljahre fährt. Es dauerte eine Dreiviertelstunde, bis ich das *Gezeitenland* erreicht habe, wo ich mir erst mal eine Dusche gönnte.«

»Ist dir jemand gefolgt? Hast du den Radfahrer am Sonntagmorgen gesehen?«

Der Teenager beantwortete Monas Frage mit einem Kopfschütteln. Die Ermittlerin führte sich vor Augen, dass Kea an der Stelle vorbeigekommen sein musste, wo der Anker im Gras lag.

»Du bist an der Reedestraße entlanggelaufen, nehme ich an?«

»Ja, sicher. Das ist der kürzeste Weg.«

»Hast du da einen Gegenstand gesehen?«

Kea runzelte die Stirn.

»Wovon sprichst du? Ich glaube, da lag irgendwo eine leere Zigarettenschachtel herum. Ich habe nicht weiter drauf geachtet.«

»Nein, ich spreche von einem Faltklappanker.«

Die Kommissarin zeigte dem Mädchen ein Foto. Kea zuckte zusammen.

»Nee, so ein Ding wäre mir bestimmt aufgefallen. Ist das Blut da an dem Metall?«

»Ja.«

Mona überlegte. Wenn Kea nichts übersehen hatte, war der Anker am späten Vormittag noch nicht dort gewesen. Für die Kommissarin war der Besitzer des grünen Fahrrades momentan der Hauptverdächtige. Er musste das Zeitfenster zwischen Keas Aufbruch und ihrer Rückkehr zum Lagerplatz genutzt haben, um Marie etwas anzutun.

Aber hatte er sie umgebracht?

Oder wurde das Mädchen gefangen gehalten und benötigte dringend Hilfe?

Kea war totenblass geworden, als Mona ihre Frage nach dem Blut bejaht hatte. Die Unterlippe der Brünetten begann zu zittern. Sie tat der Kommissarin leid, aber es hatte keinen Sinn, die Dinge zu beschönigen.

Mona machte sich eine Notiz.

»Du bist eine Dreiviertelstunde zum Gezeitenland marschiert. Wie lange hast du dich dann in dem Schwimmbad aufgehalten?«

»Nicht lange, vielleicht eine halbe Stunde«, murmelte Kea. Sie blickte zu Boden. »Ich bin dann zur Inselbäckerei und hab Brötchen geholt. Und Energy Drinks für Marie und mich im Supermarkt. Zum Glück hat hier auf Borkum ja sonntags alles auf, das finde ich cool. Ich schaute mich auch nach einer guten Gelegenheit zum Klauen um, aber es ergab sich nichts. Also bin ich wieder zurück zu unserem Lager. Marie war fort.«

»Insgesamt bist du also ungefähr drei Stunden lang weg gewesen?«, hakte Mona nach.

»Ja, das kommt hin.«

»Du hast also gemerkt, dass deine Freundin nicht mehr da ist. Was hast du dann getan?«

»Ich machte mich auf die Suche. Eine Stunde lang bin ich wie eine Blöde herumgelaufen. Aber es war, als ob der Erdboden sie verschluckt hätte.«

»Gab es Kampfspuren? War irgendetwas in Unordnung?«

Kea schüttelte den Kopf und senkte den Blick. Plötzlich begann sie zu schluchzen.

»Wenn Marie nicht mehr lebt, dann ist das meine Schuld. Ich hätte es irgendwie melden müssen. Aber wir haben uns manchmal in die Haare gekriegt. Da dachte ich, sie wäre sauer auf mich. Und ich hab ja auch nirgendwo Blut gesehen.«

Wenn Marie mit dem Anker niedergeschlagen worden war, dann musste das nicht zwangsläufig an dem Lagerplatz geschehen sein. Das war zumindest Monas Ansicht. Doch darüber musste sie nicht mit dem Teenager sprechen. Sie legte beruhigend ihren Arm um Keas Schultern.

»Wir werden alles tun, um Marie zu finden.«

Die Ermittler brachten die Jugendliche zur Polizeiwache zurück. Dort sollte Grietje auf sie aufpassen, bis Kea von ihrer Mutter abgeholt wurde.

Oltbeck schlug die Hände über dem Kopf zusammen, als er von der neuesten Entwicklung erfuhr.

»Müssen wir also mit einem weiteren Tötungsdelikt rechnen? Aber wo ist die Leiche?«, wollte der Chef von seinen Kommissaren wissen.

»Noch wissen wir nicht, ob die junge Frau nicht mehr lebt«, stellte Enno klar. »Die beiden Ausreißerinnen haben an einer Stelle unweit vom Tüskendördeich kampiert, wo an einem Sonntagmorgen kaum jemand vorbeikommt. Auf Augenzeugen können wir nicht hoffen. Die einzige Spur, die wir haben, ist das grüne Fahrrad.«

»Und an Zweirädern herrscht auf Borkum nun wirklich kein Mangel«, seufzte Oltbeck. »Ich werde die Kollegen im Streifendienst anweisen, nach einem solchen Rad Ausschau zu halten. Womöglich verhält der Fahrer sich verdächtig.«

Darauf wollte Mona sich nicht verlassen, doch sie schaffte es ausnahmsweise, sich zurückzuhalten. Immerhin schien ihr Vorgesetzter nun allmählich einzusehen, dass der Anker wirklich ein wichtiges Indiz in einem Kriminalfall war.

»Fahren wir zu Kerk?«

Diese Frage stellte die Kommissarin ihrem Kollegen, nachdem die Ermittler das Chefbüro wieder verlassen hatten. Enno blinzelte Mona zu.

»Um nachzuschauen, ob er ein grünes Fahrrad besitzt?«

»Ja, das möchte ich zu gern wissen.«

Die Fahrt Richtung Hafen verlief still, bis der Oberkommissar das Schweigen brach.

»Wenn Kea nicht auf Klautour gegangen wäre, hätten wir wohl nie von Maries Verschwinden erfahren.«

»Ja, so gesehen müssen wir ihr für diese Kleinkriminalität beinahe dankbar sein. Und es war unverantwortlich von ihr, uns nicht zu verständigen! Das hätte sie auch anonym machen können.«

»Kea ist noch jung«, brummte Enno. »Sie hat sich über die Konsequenzen ihres Handelns keine Gedanken gemacht.«

Mona seufzte.

»Ja, so sehe ich das auch. Ich hoffe nur, dass es für Marie nicht zu spät ist.«

Als die Ermittler bei Kerk Nautik eintrafen, eilte die Kommissarin sofort zur Rückfront des Gebäudes. Ihre Enttäuschung war groß, als sie dort kein Fahrrad erblickte.

»Das wäre wohl zu einfach gewesen«, murmelte sie.

Enno war ihr gefolgt.

»Vielleicht ist Dirk gerade mit dem Rad unterwegs«, schlug er vor.

»Und wenn wir den Alten auf seinen Großneffen ansprechen, kriegen wir doch bloß wieder eine patzige Antwort. Wir müssen Kerk festnageln, ich weiß bloß nicht wie … nun schau dir das an!«

Während die Kommissarin sprach, hatte sie die Mülltonne geöffnet. Darin lagen zahlreiche Mullbinden, auf denen sich große Flecken von eingetrocknetem Blut befanden.

Kapitel 23

Mona war nicht mehr zu bremsen.

Sie stürmte zum Eingang des Ladengeschäfts und stieß die Tür auf. Kerk bediente gerade ein Paar, das sich für ein Focksegel interessierte.

»Wo ist das Mädchen?«, rief sie.

Kerk kniff die Augen zusammen. Er wusste genau, wer gemeint war. Das konnte die Kriminalistin ihm deutlich anmerken. Das Seglerpaar war von Monas plötzlichem Auftauchen verblüfft.

»Ich weiß nicht, was Sie meinen. Warten Sie, bis Sie an der Reihe sind«, gab Kerk unfreundlich knurrend zurück.

Nun kam auch Enno herein.

»Das Spiel ist aus, Cornelius«, sagte er mit Nachdruck. »Du machst durch Leugnen alles nur noch schlimmer.«

Mona fehlte die Geduld für ein längeres Palaver mit dem Verdächtigen. Sie ließ Kerk einfach stehen und steuerte entschlossen auf den schmalen Flur hinter der Verkaufstheke zu. Der Alte wollte sie aufhalten, aber Enno stoppte ihn.

»Du solltest besser eine Polizeibeamtin nicht von ihren Dienstpflichten abhalten wollen.«

Der Oberkommissar wurde nicht laut, aber er konnte sehr nachdrücklich sein. Für Mona war es ein gutes Gefühl, dass er ihr den Rücken freihielt. Sie hatte ihre Pistole noch nicht gezogen, doch sie war auf alles gefasst. Dirk, der Großneffe, lauerte womöglich in einem der Räume. Das Fehlen eines Fahrrads hinter dem Haus musste gar nichts zu bedeuten haben. Mona riss eine Tür auf. Dahinter befand sich nur ein Büro mit Aktenschränken und einer vorsintflutlichen Schreibmaschine. Die Kommissarin biss sich auf die Unterlippe. Ihr Herz schlug bis zum Hals, während sie die Klinke der zweiten Tür hinunterdrückte. Sie befand sich nun in einem fensterlosen kleinen Lagerraum, in den nur durch einen schmalen Spalt über dem Türstock Frischluft dringen konnte.

Mona erblickte in dem Kabuff ein junges Mädchen auf einer Campingliege. Der Kopf war mit einer Mullbinde bandagiert. Die Ermittlerin erkannte Marie Lübbe nach dem Foto in der Vermisstenmeldung, obwohl sie jetzt totenbleich und geknebelt war. Außerdem hatte Kerk ihre Arme und Beine an die Liege gebunden.

Die Kommissarin umfasste Maries kaltes Handgelenk und fühlte ihren Puls. Er war schwach und unregelmäßig, aber vorhanden.

Mona hörte ein Geräusch hinter sich und drehte sich um.

Enno stand im Türrahmen. Sein Gesicht spiegelte Erleichterung und Besorgnis gleichzeitig wider. Es war den Ermittlern gelungen, die Vermisste lebend zu finden. Doch es ging ihr offensichtlich nicht gut.

»Schaff mir den Alten aus den Augen, bevor ich die Beherrschung verliere!«, fauchte die Kommissarin. »Ich rufe eine Ambulanz für Marie!«

Ihr Kollege nickte. Gleich darauf hörte Mona einen kurzen Wortwechsel zwischen ihm und Kerk, dann klickten die Handschellen. Doch das bekam sie nur mit halbem Ohr mit, weil sie nun damit begann, die Fesseln der Geisel zu lösen.

Plötzlich schlug Marie die Augen auf und begann sofort zu zittern. Mona lächelte sie an.

»Du bist jetzt in Sicherheit, ich bin von der Polizei.«

Zur Bekräftigung ihrer Worte hielt sie ihren Dienstausweis hoch. Dann befreite sie das Mädchen von dem Knebel.

»Wo … bin ich? Mein Kopf tut furchtbar weh. Und da ist dieser alte Mann, der nie mit mir gesprochen hat …«

»Wir reden später, einverstanden? Ich bin Mona. Du kommst gleich ins Krankenhaus, da wird man sich gut um dich kümmern. Wenn es dir besser geht, werde ich dich besuchen.«

Die Kommissarin war nicht sicher, ob sie mit ihren Worten zu Marie durchdrang. Immerhin beruhigte sich der Atem. Neben der Pritsche stand eine halb leere Wasserflasche. Mona hätte der Geisel gern zu trinken gegeben, doch das war riskant. Womöglich hatte Kerk eine betäubende Substanz in die Flüssigkeit gemischt. Er hielt Marie wahrscheinlich schon seit einigen Tagen und Nächten gefangen. Es war besser, mit der Wasserzufuhr bis zur Ankunft im Hospital zu warten.

Die Ermittlerin fischte ihr Smartphone aus der Tasche, rief im Stadtkrankenhaus Borkum an und bat um einen Rettungswagen. Sie machte es dringend.

Der Oberkommissar kehrte zu ihr zurück.

»So, ich habe Cornelius Handschellen angelegt und ihn in unser Auto gesetzt. Er spielt den Ahnungslosen.«

»Mal sehen, wie lange er die Schmierenkomödie durchhält«, grollte Mona. »Marie wird sich wohl kaum selbst gefesselt und geknebelt haben.«

Die Geisel hatte inzwischen wieder das Bewusstsein verloren. Nach Meinung der Kommissarin war sie stark dehydriert, vom Psychostress ganz zu schweigen. Marie musste Todesangst ausgestanden haben. Insbesondere, da Kerk sie über ihr zukünftiges Schicksal im Unklaren gelassen hatte.

Vielleicht wusste er selbst nicht, was er mit ihr anfangen sollte.

Es dauerte nicht lange, bis die Sirene der Ambulanz ertönte. Enno eilte wieder nach vorn ins Ladenlokal, um die Sanitäter zu ihrer Patientin zu führen. Die Retter kamen wenig später herein, überprüften Maries Blutdruck sowie weitere Vitalfunktionen und hoben sie auf eine Trage. Der Notarzt hob ihr linkes Augenlid und leuchtete mit einer kleinen Lampe in ihre Pupille.

»Die Kopfwunde müssen wir in der Klinik röntgen, zur Schwere der Verletzung kann ich zurzeit noch nichts sagen«, erklärte der Mediziner. »Fest steht, dass die Patientin viel Blut verloren hat.«

»Das ist ja auch kein Wunder«, grollte Mona, »offenbar wurde sie viel zu lange laienhaft in diesem miesen Loch versorgt.«

Sie deutete auf die Umgebung.

»Ja, dadurch wird sich ihr Zustand nicht verbessert haben«, sagte der Doktor. Dann eilten er und die Sanitäter mit Marie auf der Trage davon. Enno hielt ein Schlüsselbund hoch.

»Ich habe Cornelius seine Schlüssel abgenommen, wir machen den Laden zu und bringen den Verdächtigen zur Dienststelle. Meinst du, dass du dich zusammenreißen kannst, Mona? Wahrscheinlich bist du ziemlich sauer auf den Alten.«

»Keine Sorge, ich werde schon nicht die Beherrschung verlieren. Diese Steilvorlage will ich seinem zukünftigen Verteidiger nicht bieten.«

Mona stellte es sich entsetzlich vor, in diesem Kabuff gefesselt und geknebelt auf ein ungewisses Schicksal warten zu müssen und keine Aussicht auf Rettung zu haben. Enno hatte gut erkannt, dass sie deshalb sehr wütend auf Cornelius Kerk war. Zum Glück konnte sie sich inzwischen besser zusammenreißen als in früheren Jahren.

Als die Kommissarin den Alten auf dem Rücksitz des Opel Vectra kauern sah, musste sie vor lauter Widerwillen ihren Blick abwenden.

Der Krankenwagen raste bereits mit heulenden Sirenen Richtung Gartenstraße, wo sich das Hospital befand.

Kerk hielt einstweilen die Klappe. Dadurch hatte die Kommissarin Gelegenheit, ihren besorgniserregend hohen Blutdruck wieder einigermaßen unter Kontrolle zu bekommen. Sie hoffte darauf, dass Enno diesmal größtenteils das Verhör führen würde. Normalerweise fiel diese Aufgabe Mona zu. Doch ihr Kollege kannte den Alten seit vielen Jahren. Außerdem nahm Kerk die Kommissarin sowieso nicht ernst. Und obwohl Mona im Moment ihre Emotionen im Griff hatte, wollte sie lieber kein Risiko eingehen.

Sie und Enno verstanden sich auch ohne Worte. Daher übernahm der Oberkommissar ganz selbstverständlich die Gesprächsführung, nachdem sie den Alten in den Verhörraum geschafft und ihm die Handschellen abgenommen hatten.

»Man wird hier ja behandelt wie ein Schwerverbrecher«, moserte Kerk.

Enno warf ihm einen harten Blick zu.

»Du scheinst den Ernst deiner Lage noch nicht erkannt zu haben, Cornelius. Du bist Beschuldigter einer Straftat, das junge Mädchen in deinem Hinterzimmer wird sich wohl kaum selbst gefesselt, geknebelt und am Kopf verletzt haben. Es steht also der Vorwurf einer schweren Körperverletzung sowie einer Entführung im Raum. Du musst nichts aussagen, was dich selbst belastet. Willst du einen Rechtsanwalt hinzuziehen, wenn wir dich befragen?«

»Auf so einen Wichtigtuer kann ich verzichten, ich werde für mich selbst sprechen. Und es war alles ganz anders. Nicht so, wie ihr glaubt.«

Enno verschränkte die Finger seiner großen Hände ineinander.

»Soso. Dann erzähl doch mal.«

Kerk starrte auf die Tischplatte. Mona hätte schwören können, dass er sich in diesem Moment eine Geschichte ausdachte.

»Die Kleine kam in meinen Laden. Da ist sie ausgerutscht und hat sich den Kopf aufgeschlagen. Ich habe ihr einen Verband angelegt.«

Der Oberkommissar schüttelte langsam den Kopf.

»Du bist ein miserabler Lügner, Cornelius. Selbst, wenn sie wirklich gestürzt wäre – in solchen Fällen ruft man die 112 an, damit die Patientin von Fachleuten versorgt wird. Und außerdem ist es nicht üblich, eine Kranke zu fesseln und zu knebeln.«

Nun musste Mona doch ihren Senf dazugeben.

»Wir wissen, dass einer Ihrer Faltklappanker die Tatwaffe gewesen ist. Und das können wir auch beweisen, weil Marie Lübbes Blut an dem Metall klebt.«

Genau genommen nahm die Kommissarin nur an, dass es sich um das Blut der Verletzten handelte. Doch ein Blick auf Kerks Gesicht bewies ihr, dass sie sich nicht täuschte.

»Du willst Dirk schützen«, sagte Enno dem Alten auf den Kopf zu, »aber das ist sinnlos. Du kannst etwas Zeit schinden, indem du uns anflunkerst. Doch jeder Polizist auf Borkum hält schon nach deinem Großneffen Ausschau. Es ist nur eine Frage der Zeit, bis wir ihn zu fassen bekommen.«

»Dirk ist kein schlechter Mensch, er hat dem Mädchen nichts antun wollen!«, platzte der Schiffsausrüster heraus.

»Dann will ich jetzt von dir wissen, was sich am vergangenen Sonntag ereignet hat«, forderte der Ostfriese. »Und diesmal bleibst du bitte bei der Wahrheit.«

»So genau weiß ich das selbst nicht«, gab der Alte zu. »Ich hatte Mittagessen gekocht, es sollte Labskaus geben. Dirk ließ mich warten, das ist sonst nicht seine Art. Endlich kam er hereingestolpert. Er weinte und trug dieses Mädchen auf seinen Armen.«

»Du wohnst über dem Laden, nicht wahr?«

»Richtig, Enno.«

»Hat Dirk erzählt, was passiert ist?«

»Seit seinem Unfall ist es mit dem Sprechen bei ihm nicht so einfach. Man versteht nicht immer, was er sagen will. Das Mädchen muss sich irgendwie wehgetan haben. Dirk fand die Kleine und brachte sie zu mir.«

Der erfahrene Ermittler runzelte die Stirn.

»Das war zumindest schon mal die halbe Wahrheit. Soll ich dir sagen, was ich glaube? Dirk stellte Marie nach. Und als sie nichts von ihm wissen wollte, schlug er sie nieder. Als Tatwaffe diente ein Faltklappanker aus deinem Geschäft, den er aus irgendwelchen Gründen bei sich hatte. Doch dein Großneffe ist kein Unmensch. Er war über sein eigenes Handeln so erschrocken, dass er sein Opfer zu dem einzigen Menschen brachte, den er auf Borkum kannte. Nämlich zu dir.«

Mona konnte dem Alten ansehen, dass Enno mit seinen Vermutungen den Nagel auf den Kopf getroffen hatte. Sie ergänzte: »Sie wussten oder ahnten, dass Dirk Mist gebaut hatte. Also konnten

Sie Marie nicht einfach gehen lassen. Darum versorgten Sie einerseits ihre Wunde, andererseits wurde sie von Ihnen gefesselt und geknebelt. Wahrscheinlich hatten Sie einfach keinen Plan, was mit ihr geschehen sollte. Ist Ihnen klar, dass die junge Frau in Ihrem verfluchten Kabuff hätte sterben können?«

Diese Frage musste die Kommissarin einfach stellen, obwohl sie auf keine befriedigende Antwort hoffte. Für einen eiskalten Mörder hielt sie Kerk jedenfalls nicht. Es wäre für ihn ein Leichtes gewesen, die bereits verletzte Marie zu töten und an einem stillen Borkumer Sonntag in der Nordsee zu versenken. Die Wahrscheinlichkeit, dabei beobachtet zu werden, war denkbar gering.

Doch auch wenn das nicht geschehen war, so hatte er doch mit dem Leben der Ausreißerin gespielt.

Der Alte presste seine schmalen Lippen aufeinander. Seine Augen lagen tief in den Höhlen. Mona hätte einiges darum gegeben, in diesem Moment seine Gedanken zu erfahren. Nach ihrem Empfinden dauerte es sehr lange, bis er wieder den Mund öffnete.

»Ihr versteht das nicht. Dirk ist völlig harmlos, er könnte keiner Fliege etwas zuleide tun. Aber der Junge verhält sich eben nicht … normal. Wenn das Mädchen zur Polizei gerannt wäre, hättet ihr ihn eingesperrt. Und was dann? Soll Dirk ins Irrenhaus, nur weil es so ein dummes Unglück gegeben hat?«

»Darüber entscheidest nicht du, Cornelius«, stellte Enno fest. »Du konntest also aus deinem Großneffen nicht herausbekommen, was genau zwischen ihm und Marie vorgefallen ist?«

Kerk schob trotzig sein Kinn vor.

»Ich weiß nur, dass ihre Verletzung ihm das Herz gebrochen haben muss. Dirk hatte sofort sein T-Shirt um ihren Kopf gewickelt, um die Blutung zu stillen. So ein guter Mensch ist er.«

Die Kommissarin stellte sich die Szene bildlich vor. Wenn diese Aussage stimmte, musste Dirk Marie zu Fuß transportiert haben. Das Fahrrad blieb in dem Moment irgendwo auf der Insel zurück. Warum hatten sich keine Zeugen gemeldet, die das seltsame Paar beobachtet hatten? Auch sonntags gab es auf Borkum zahlreiche Spaziergänger, Wanderer, Jogger und andere Urlauber, die das Eiland erkundeten.

Mona konnte sich ihre Frage selbst beantworten.

Wenn ein Kleidungsstück um Maries Kopf gewickelt war, dürfte niemand das Blut bemerkt haben. Die Leute sahen in Dirk wahrscheinlich nur einen jungen Mann, der seine völlig alkoholisierte

Freundin ins Bett brachte. So etwas kam gelegentlich vor, obwohl Borkum kein Schwerpunktziel für Sauftouristen war.

Enno öffnete den Mund.

»Ihr habt euch ja wirklich viel Mühe gegeben, Marie zu verstecken und ruhig zu halten. Dann verstehe ich aber nicht, weshalb der blutige Anker gut sichtbar neben der Reedestraße liegen geblieben ist.«

Der Schiffsausrüster hob die Schultern.

»Mir war zuerst nicht klar, dass Dirk das Mädchen mit einem Anker niedergeschlagen haben muss. Wie gesagt, man kann nicht immer verstehen, was er ausdrücken will. Als ihr zu mir kamt und deine Kollegin eine Anspielung auf meine Faltklappanker machte, wurde es mir bewusst. Da war es natürlich schon viel zu spät, ich konnte den Anker nicht mehr verschwinden lassen.«

»Wo finden wir Dirk jetzt?«, fragte Mona direkt.

»Ich weiß es nicht, er ist mit dem Fahrrad unterwegs. Ehrlich gesagt ist er mir im Laden keine große Hilfe, weil man ihm nur einfachste Arbeiten zumuten kann. Am glücklichsten fühlt er sich in der freien Natur.«

Kerks Augen wurden feucht, doch darauf konnten die Ermittler keine Rücksicht nehmen. Das, was Marie geschehen war, durfte keinem anderen jungen Mädchen zustoßen. Und solange Dirk Berning noch dort draußen war, bestand diese Gefahr nach wie vor.

»Du lässt deinen Großneffen trotz allem unkontrolliert durch Borkum fahren?«

Der Stimme des Oberkommissars war seine Fassungslosigkeit anzuhören.

»Dirk ist ein friedlicher Junge«, beharrte Kerk. »Dieses Mädchen muss ihn herausgefordert haben.«

Er war offenbar nicht bereit, seine Haltung zu ändern. In dem Fall hätte er sich nämlich einen riesigen Fehler eingestehen müssen.

»Und das Fahrrad ist wahrscheinlich grün?«, wollte die Kommissarin wissen. Sie konnte ihre Wut jetzt nur noch mühsam unterdrücken.

»Ja, ein grünes Damenrad. Es gehört eigentlich mir, aber ich benutze es kaum noch.«

Mona stand auf. In ihren Augen war das Verhör beendet, Details konnte man später immer noch klären. Jetzt musste Dirk Berning gefunden werden, bevor weitere schlimme Dinge geschahen.

Kapitel 24

Während der Alte in die Arrestzelle geführt wurde, brachten die Ermittler ihren Chef auf den neuesten Stand.

»Haben wir eine Personenbeschreibung von dem Verdächtigen?«

»Ja, Herr Oltbeck«, erwiderte Enno. »Als ich Cornelius bei seiner Verhaftung durchsuchte, fand ich in seiner Brieftasche ein Foto. Darauf ist er mit seinem Großneffen zu sehen.«

Der Ostfriese zog einen Schnappschuss hervor, auf dem Kerk und ein junger Mann vor dem Ladengeschäft am Yachthafen zu sehen waren. Dirk überragte seinen Großonkel um einen Kopf. Er war ein schlaksiger Typ, nach Monas Schätzung ungefähr so groß wie Enno, wenn auch viel dünner. Sein Blick wirkte geistesabwesend, und der breite lachende Mund hätte eher zu einem Sechsjährigen als zu einem jungen Erwachsenen gepasst.

»Sehr gut, kopieren Sie das Foto für alle Kollegen im Einsatz«, ordnete der Dienststellenleiter an. »Und bei einer Festnahme muss mit Gewaltanwendung gerechnet werden.«

Mona schaute das Bild weiterhin an.

»Sind Sie mit Ihren Gedanken bei uns, Frau Sander?«

Sie beantwortete Oltbecks Frage mit einem Nicken.

»Ich habe mich nur gerade gefragt, wer den Schnappschuss gemacht hat. Kerk hat sich uns gegenüber als einsamer Wolf dargestellt, der kaum Kontakte hat. Und das hier ist offensichtlich kein Selfie. Irgendjemand muss aber auf den Auslöser gedrückt haben.«

Enno nickte langsam.

»Ich frage Cornelius einfach danach.«

Er ging hinaus, während Mona schon mal das Foto für alle Einsatzkräfte kopierte. Wenig später trafen sie sich im Chefbüro wieder.

»Er will den Namen nicht preisgeben«, berichtete der Oberkommissar. »Das macht aber nichts, denn ich erinnere mich an eine Jugendliebe von ihm, mit der er vor vielen Jahren mal verlobt war. Die Sache hat sich zerschlagen, weil sie jemand anderen geheiratet hat. Doch ich könnte mir vorstellen, dass die beiden immer noch Kontakt halten.«

»Mach es nicht so spannend, Enno«, bat Mona.

»Du kennst diese Ex-Verlobte ganz gut. Es ist Frau Klasing, deine Vermieterin.«

Die Kommissarin war verblüfft. Sie wusste, dass die Pensionswirtin verwitwet war. Außerdem konnte sie sich die freundliche Frau Klasing und den mürrischen Kerk nur schwer als ein Liebespaar vorstellen. Natürlich war es möglich, dass die beiden vor dreißig Jahren noch ganz anders gewesen waren. Doch das fand sie jetzt nebensächlich.

»Fühlen wir Frau Klasing am besten gleich auf den Zahn«, schlug die Kriminalistin vor. Oltbeck übernahm es, die Kopien des Fotos an die Einsatzkräfte zu verteilen. Mona und Enno stiegen in ihren Opel Vectra, und der Oberkommissar lenkte das Auto Richtung Walfangerstrate.

»Ich kann den Alten einfach nicht verstehen«, gestand Mona. »Wie konnte er die Augen davor verschließen, wie gefährlich sein Großneffe ist?«

Der Ostfriese hob seine breiten Schultern.

»Ich will Cornelius nicht verteidigen, aber Dirk ist für ihn in erster Linie ein Familienmitglied. Wahrscheinlich hat er noch niemals zuvor mit Menschen zu tun gehabt, die zu plötzlichen Gewaltausbrüchen neigen.«

»Ja, in der Hinsicht haben wir mehr Erfahrung«, meinte Mona. »Trotzdem hätte er begreifen müssen, dass man eine so schwere Kopfverletzung nicht mit ein paar Mullbinden behandeln kann.«

»Cornelius gehört zu den Leuten, die am liebsten alles selbst erledigen. Aus seiner Sicht hat er richtig gehandelt. Er wollte verhindern, dass sein Großneffe in der Psychiatrie landet.«

»Und nimmt dabei in Kauf, dass Dirk noch mehr gefährlichen Unsinn macht«, grollte die Kommissarin. Es dauerte nicht lange, bis sie das gemütliche Friesenhaus in der Walfangerstrate erreicht hatten. Mona war Frau Klasings einzige Dauermieterin, in den übrigen Wohnungen lebten ständig wechselnde Feriengäste. Auch jetzt war das Haus vollständig belegt.

Mona klingelte an Frau Klasings Tür. Die Witwe wohnte im Erdgeschoss. Zuvor hatten die Ermittler sich vergewissert, dass kein grünes Fahrrad in der Nähe geparkt war. Sie wollten unangenehme Überraschungen vermeiden.

Frau Klasing wirkte freudig überrascht, als sie ihre Mieterin und den Oberkommissar erblickte.

»Moin, Mona, moin, Enno! Wollt ihr mich in eurer Pause besuchen? Das ist ja eine gute Idee von euch. Wie wäre es mit einem Tee?«

Die Kommissarin schüttelte den Kopf.

»Wir sind dienstlich hier, Frau Klasing. Ist gerade jemand bei Ihnen?«

Die ältere Frau schüttelte den Kopf. Es entging ihr nicht, dass die Kriminalisten sehr ernst waren. Mona zeigte ihr das Foto von Dirk Berning.

»Kennen Sie diesen Mann?«

»Ja, das ist der Großneffe eines alten … Bekannten. Was ist mit ihm?«

»Das würde ich lieber drinnen besprechen«, sagte Mona. Sie standen immer noch an der Wohnungstür. Jeden Moment konnte einer der Touristen die Treppe hinunterkommen.

»Ja, kommt doch herein.«

Frau Klasing führte die Ermittler in ihre gemütliche Küche, wo sie sich meistens aufhielt.

»Der Junge heißt Dirk«, sagte die Vermieterin. »Mein Bekannter Cornelius hat mir erzählt, dass er seit einem Unfall etwas seltsam ist. Man kann sich kaum mit ihm unterhalten. Was ist denn mit ihm?«

»Wir müssen ihn unbedingt finden«, betonte Mona eindringlich.

»Vor einer Stunde war er noch bei mir«, sagte Frau Klasing.

»Was wollte er denn?«

»Wenn ich das wüsste!«, seufzte die Vermieterin. »Man kann sich schlecht mit ihm verständigen. Ich habe mit ihm Tee getrunken, nach ungefähr zwanzig Minuten ging er wieder.«

»Wirkte Dirk unruhig oder aggressiv? Was für einen Eindruck hattest du?«, wollte Enno wissen.

»Ich glaube, er war ganz normal. Jedenfalls für seine Verhältnisse. Er lebt in seiner eigenen Welt, anders kann ich das nicht ausdrücken. Zwischendurch musste ich mich um neu angereiste Gäste kümmern. Als ich wieder in meine Wohnung zurückkam, war Dirk verschwunden.«

Mona runzelte die Stirn.

»Er hat sich nicht verabschiedet?«

»Seine Umgangsformen sind nicht die besten, aber er hat ein gutes Herz. Warum interessiert ihr euch für ihn? Jetzt bin ich doch etwas unruhig.«

»Könnten wir uns kurz in Ihrer Wohnung umsehen?«, bat die Kommissarin.

Frau Klasing nickte.

»Ja, wenn ich dadurch helfen kann …«

Mona musste nicht lange suchen. Sie ging in das Wohnzimmer neben der Küche und merkte sofort, was dort nicht stimmte. Die Ermittlerin zeigte auf die Wand.

»Dort hing sonst immer eine Harpune, nicht wahr?«

Die Vermieterin schlug sich die flache Hand vor den Mund.

»Ja, das war ein Erbstück von meinem Großvater, der noch auf Walfängern zur See gefahren ist. – Dirk muss sie genommen haben, als ich kurz fort war!«

Mona wusste, dass man mit einer Harpune nicht nur die großen Meeressäuger töten konnte. Jetzt durften sie keine Zeit mehr verlieren. Sie wandte sich noch einmal an ihre Vermieterin.

»Sie haben uns sehr geholfen, Frau Klasing. Bitte tun Sie mir einen Gefallen und rufen mich sofort an, wenn Dirk sich noch einmal bei Ihnen sehen lässt.«

»Ja, selbstverständlich. Willst du mir nicht endlich sagen, was los ist?«

»Später vielleicht.«

Mit dieser Ankündigung ließ die Kommissarin Frau Klasing stehen. Die Ermittler stiegen wieder in den Dienstwagen und gaben die Information über die Harpune per Funk an sämtliche Kollegen weiter.

Enno startete den Motor. Sie fuhren ohne ein bestimmtes Ziel los. Borkum verfügte über ein Netz von insgesamt hundertdreißig Kilometern Rad- und Wanderwegen. Dort war eine Suche per Auto nicht möglich. Dirk Berning konnte natürlich auch auf einer Straße unterwegs sein. Ihnen blieb nichts anderes übrig, als die Augen aufzuhalten. Die Bewaffnung des Verdächtigen hatte den Druck auf die Ermittler noch erhöht.

»Cornelius hat unverantwortlich gehandelt. Ich bezweifle, dass Dirk schuldfähig ist. Aber sein Großonkel muss dafür bestraft werden, dass er es so weit hat kommen lassen.«

»Ja, falscher Stolz und Uneinsichtigkeit bilden eine gefährliche Mischung«, meinte Mona. Bevor sie noch mehr sagen konnte, wurden die Kommissare angefunkt. Die Kriminalistin griff zum Mikrofon.

»Ja, Grietje?«

»Hinderk und ich sind gerade auf Fahrradpatrouille. Wir haben beim *Haus Sturmeck* ein grünes Damenfahrrad sichergestellt. Es lag neben dem Weg. Es könnte dem Verdächtigen gehören.«

Monas Puls beschleunigte sich.

»Gut, wir sind in ein paar Minuten bei euch.«

Enno trat kräftig aufs Gaspedal. Er fuhr so weit wie möglich an das beliebte Lokal zwischen Norddünen und Strand heran. Das letzte Stück gingen die Ermittler zu Fuß. Grietje und ihr Dienstpartner Hinderk Ekhoff warteten auf sie.

»Der Beschreibung nach könnte es das Rad sein, mit dem Dirk Berning unterwegs ist«, stellte Enno fest. »Ich schlage vor, dass wir uns aufteilen. Ihr sucht zwischen den Dünen, Mona und ich gehen zum Strand hinunter.«

»Alles klar«, gab Grietje zurück. Normalerweise kam von ihr immer noch ein frecher Spruch hinterher, doch auch sie verkannte nicht die Gefährlichkeit dieses Einsatzes.

Während die beiden Fahrradpolizisten sich wieder auf ihre Zweiräder schwangen, stapften die Kriminalermittler auf einem schmalen Weg am Lokal vorbei zum Strand hinunter. Sie befanden sich unweit des nordwestlichsten Punkts von Deutschland. Bei dem schönen Wetter hatten sich bereits viele Badegäste am Strand eingefunden.

»Wir müssen unbedingt verhindern, dass Zivilisten gefährdet werden«, meinte der Oberkommissar.

»Ja, das darf nicht geschehen«, erwiderte Mona. Während sie und Enno sich Richtung Wasserlinie bewegten, schweifte ihr Blick über die Urlauber, die nichtsahnend die Sonne und das Strandleben genossen. Viele von ihnen dösten oder unterhielten sich miteinander, während andere eine Frisbee-Scheibe hin und her warfen oder kreischend vor Freude in die Brandung sprangen.

Nur eine Person fiel auf.

Während die meisten Anwesenden Badekleidung trugen, hatte dieser Mann einfach nur die Hosenbeine hochgekrempelt. Er stand bis zu den Waden im Wasser, das Gesicht Richtung Nordsee gerichtet.

Und er hielt eine Harpune in den Fäusten!

Hatte Dirk sich in den Kopf gesetzt, einen Fisch harpunieren zu wollen? Oder wartete er darauf, dass ein Wal ans Ufer geschwommen kam?

Natürlich war sein seltsames Verhalten auch schon anderen Leuten aufgefallen. Einige Gaffer lachten und filmten ihn aus sicherer Entfernung mit ihren Smartphones. Dirks Blick war offenbar auf das Wasser gerichtet, das seine Beine umspülte. Nichts deutete auf Aggressivität hin. Doch wenn seine Stimmung plötzlich umschlug, konnte es gefährlich werden.

Da er Mona und Enno den Rücken zukehrte, hatte er sie noch nicht bemerkt. Die Kommissarin hätte am liebsten alle anderen Leute weggescheucht. Doch sie musste sich jetzt ganz auf den Verdächtigen konzentrieren.

»Dirk!«

Er zuckte zusammen, als sie seinen Namen rief. Immerhin zeigte die Reaktion, dass er noch nicht völlig den Bezug zur Wirklichkeit verloren hatte. Dirk wusste noch, wie er hieß.

Langsam drehte er sich um die eigene Achse, während die Wellen heranrollten und nun seine hochgekrempelten Hosenbeine umspülten. Davon schien er nichts zu bemerken. Mona schaute in sein Gesicht. Es war auf eine seltsame Weise ausdruckslos, die Augen schienen ins Nichts zu starren. Den Mund hatte er halb geöffnet, er fuhr sich ständig mit der Zungenspitze über die Lippen.

Die Kommissarin zwang sich zu einem Lächeln.

»Dirk, leg bitte die Harpune weg und komm aus dem Wasser.«

Mona sprach laut und deutlich. Sie hoffte, dass ihre innere Anspannung nicht zu spüren war. Und sie suchte den Blickkontakt zu dem Mann, der Marie niedergeschlagen hatte. Es war ein gutes Gefühl, Enno nur eine Armlänge weit entfernt zu wissen. Auf ihn konnte die Kriminalistin sich hundertprozentig verlassen.

Ob Dirk ihre Aufforderung verstanden hatte? Sie wusste es nicht. Fest stand nur, dass er sich nicht daran halten wollte. Der Täter richtete die Harpunenspitze auf Mona und machte einen Schritt in ihre Richtung.

Einige Schaulustige schrien erschrocken auf.

Die Kommissarin hatte so eine Entwicklung schon befürchtet. Sie zog ihre Pistole und gab einen Warnschuss in die Luft ab.

»Polizei! Waffe weg!«

Die Wirkung war überwältigend. Dirk öffnete seinen Griff, die Harpune fiel vor ihm ins Wasser. Er hob seine Hände und presste sie gegen seine Ohren, wobei er heftig zu zittern begann. Außerdem gab er Laute von sich, die wahrscheinlich Worte bilden sollten. Mona verstand kein Wort. Sie richtete sicherheitshalber die Waffenmündung auf ihr Gegenüber, obwohl aktuell keine weitere Gefahr von ihm auszugehen schien. Doch darauf wollte sie sich nicht verlassen.

Enno blieb nicht untätig. Er pflügte durch das Wasser auf den Verdächtigen zu, packte dessen Gelenke und legte ihm hinter dem Rücken Handschellen an. Dann durchsuchte der Oberkommissar Dirks Taschen, fand aber keine Waffen oder gefährlichen Gegenstände.

Mona hielt ihren Polizeiausweis hoch.

»Sie können jetzt mit dem Filmen aufhören«, rief sie den Neugierigen zu. »Die Show ist vorbei.«

Kapitel 25

Die spätere Befragung von Dirk Berning erwies sich als sinnlos. Mona wusste nicht, wie sein Großonkel oder Frau Klasing sich mit ihm verständigt hatten. Er würde psychiatrisch begutachtet werden müssen, wahrscheinlich konnte er für seine Taten gar nicht verantwortlich gemacht werden. Doch darüber musste ein Gericht entscheiden.

Enno veranlasste, dass Dirk Berning so bald wie möglich aufs Festland in eine Nervenklinik geschickt wurde. Die angenehmste Aufgabe an diesem Tag bestand für Mona in dem telefonischen Kontakt mit Maries Eltern. Sie waren überglücklich, weil ihre Tochter lebte und sich in Sicherheit befand. Der Vater und die Mutter des Mädchens wollten so schnell wie möglich nach Borkum kommen.

Nach der Verhaftung des Täters gönnten die Ermittler sich eine kurze Teepause. Mona hatte gerade den letzten Rest ihres Mandelhörnchens gegessen, als das Telefon auf ihrem Schreibtisch klingelte. Sie schluckte die letzten Krümel herunter und meldete sich mit Namen sowie Dienstgrad.

»Moin, Frau Sander. Hier spricht Siemers«, sagte der junge glatzköpfige Arzt aus dem Stadtkrankenhaus. »Die junge Patientin mit der Kopfverletzung ist jetzt bei Bewusstsein. Sie können kurz mit ihr sprechen, sie hat nach Ihnen verlangt.«

Mona sprang auf, als ob ein Sandfloh sie gebissen hätte.

»Wir sind sofort bei Ihnen!«, versicherte sie.

Enno leckte sich die Sahne von den Fingern, da er zwei Windbeutel vernichtet hatte.

»Marie?«

»Ja, wir dürfen mit ihr reden. Nun werden wir endlich erfahren, was sich am Sonntag tatsächlich ereignet hat.«

Die Ermittler fuhren zum Hospital hinüber. Dr. Siemers bat sie darum, das Gespräch möglichst kurz zu halten.

»Die Patientin hat eine Gehirnerschütterung erlitten, die Platzwunde konnten wir nähen. Trotzdem braucht sie noch viel Ruhe.«

»Wir haben nur wenige Fragen«, versicherte Mona. Eine Krankenschwester führte die Kommissare zu Marie Lübbe. Sie war nicht mehr so bleich wie bei der ersten Begegnung. Ihr Kopf war erneut bandagiert worden, außerdem steckte in ihrem linken Arm eine Nadel, die durch einen Schlauch mit einer Infusion verbunden war. Marie lächelte, als sie Mona erkannte.

»Ich dachte, ich müsste in diesem tristen Raum sterben. Danke, dass Sie mich gerettet haben.«

Mona stellte Enno und sich selbst noch einmal offiziell vor. Dann sagte sie: »Deine Eltern sind schon auf dem Weg nach Borkum.«

Marie verzog den Mund.

»Die werden ganz schön sauer auf mich sein.«

Die Kommissarin schüttelte den Kopf.

»Ich glaube, sie freuen sich unheimlich darüber, dass du lebst. – Könntest du uns bitte erzählen, was genau geschehen ist? Das müssen wir für unsere Ermittlungen wissen.«

Enno ergänzte: »Kea hat ausgesagt, dass sie am Sonntagmorgen in den Ort gehen wollte.«

»Ja, das stimmt«, sagte Marie. »Ich bat sie, mir etwas zum Frühstück mitzubringen. Dann drehte ich mich um und schlief noch mal ein. Nach einiger Zeit hatte ich das Gefühl, angestarrt zu werden. Und ich sah diesen Typen auf dem grünen Fahrrad.«

»Meinst du diesen Mann?«

Mona zeigte ein Bild von Dirk Berning, der nach seiner Verhaftung erkennungsdienstlich erfasst worden war. Das Mädchen schauderte.

»Ja, das ist er. Der Kerl war auf dem Deich, saß im Sattel seines Rades. Und er glotzte mich einfach nur an. Ich kriegte Panik. Zum Glück hatte ich in meinen Klamotten geschlafen. Also krabbelte ich aus dem Schlafsack und rannte weg. Das war natürlich total sinnlos, weil er mich auf seinem Rad locker einholen konnte.«

»Wie ging es weiter?«

»Ich lief eine Zeit lang, ohne mich umzudrehen. Und ich hoffte, dass mir jemand helfen würde. Doch an diesem Sonntagmorgen konnte ich dort keine Menschenseele entdecken. Nach einer Weile musste ich anhalten, weil mir die Luft wegblieb. In dem Moment kam der Kerl auf seinem Rad an und fasste mir an die Schulter. Ich schrie vor Schreck. Dann sah ich nur noch, dass er so ein Metallding in der Hand hatte. Er holte damit aus und schlug mich. Das tat tierisch weh. Als ich wieder zu mir kam, war ich gefesselt und geknebelt auf dieser Pritsche. Mein Kopf schmerzte immer noch, war aber wenigstens bandagiert worden.«

Mona zeigte Marie ein Foto des Faltklappankers.

»Wurdest du damit geschlagen?«

»Ja, richtig.«

»Wie ging es dann in deiner Gefangenschaft weiter?«, wollte Enno wissen.

»Da war ein alter Mann, der mir ab und zu etwas zu essen und zu trinken gab und mich auf die Toilette ließ. Aber ich durfte nicht telefonieren, und er redete kaum mit mir. Ich hatte schreckliche Angst, deshalb hab ich auch nicht zu fliehen versucht. Außerdem war ich die meiste Zeit gar nicht bei Bewusstsein, glaub ich.«

Da Maries Stimme immer leiser wurde und die Sätze zögerlicher kamen, beendeten die Ermittler vorerst die Befragung. Sie hatten alles erfahren, was sie unbedingt wissen wollten. Cornelius Kerk würde sich für seine Taten auf jeden Fall vor Gericht verantworten müssen, genau wie sein Großneffe.

»Das hätten wir geschafft«, meinte Enno, während er freundschaftlich einen Arm um Monas Schultern legte. »Was hältst du davon, wenn wir heute Abend in der Nordsee Kombüse auf unseren Ermittlungserfolg anstoßen?«

»Ich bin dabei«, versicherte Mona. Und sie freute sich darauf, den Wirt Jan Lummer schon so bald wiederzusehen. Ob es ihm wohl auch so ging?

ENDE

Ostfrieslandkrimi-Empfehlungen des Klarant Verlages

Lernen Sie die Ostfrieslandkrimi-Serie »Mona Sander und Enno Moll ermitteln« von Sina Jorritsma kennen:

Friesische Inselidylle? Von wegen! Auf der ostfriesischen Insel Borkum lösen Kommissarin Mona Sander und ihr Kollege Enno Moll knifflige Mordfälle. Die emotionale Kommissarin geht bei der Verbrecherjagd gerne ihren eigenen Weg und scheut dabei kein Risiko … Bei der Krimireihe der Autorin Sina Jorritsma ist Hochspannung garantiert!

In der Serie sind bereits folgende Ostfrieslandkrimis erschienen:

»Friesenbraut«, Band 1
Taschenbuch ISBN: 978-3-95573-557-9
eBook ISBN: 978-3-95573-556-2

Auf der ostfriesischen Insel Borkum verschwindet eine Braut kurz vor der Eheschließung. Zunächst glauben die Kommissare Mona Sander und Enno Moll noch an einen dummen Streich. Aber wenig später wird das blutverschmierte Brautkleid gefunden. Ist die dunkelhaarige Schönheit einem Gewaltverbrechen zum Opfer gefallen? Die Inselkommissare finden Indizien, die aber nicht zusammenpassen. Hat der undurchsichtige Exfreund der Braut seine Hände im Spiel? Wer war an den geheimen Sex-Spielen im Ferienhaus beteiligt? Und welches Interesse verfolgt der machtbesessene zukünftige Schwiegervater? Dann findet die Polizei eine Leiche und muss feststellen, dass die Dinge ganz anders sind, als sie auf den ersten Blick scheinen. Die Mörderjagd versetzt nicht nur die friedliche Nordseeinsel in Aufruhr, sondern wird auch zur persönlichen Herausforderung für Mona Sander. Sie wird selbst zur Zielscheibe des Mörders …

»Friesenkreuz«, Band 2
Taschenbuch ISBN: 978-3-95573-552-4
eBook ISBN: 978-3-95573-600-2

»Friesenlauf«, Band 3
Taschenbuch ISBN: 978-3-95573-553-1
eBook ISBN: 978-3-95573-618-7

»Friesenflirt«, Band 4
Taschenbuch ISBN: 978-3-95573-542-5
eBook ISBN: 978-3-95573-541-8

»Friesenwahn«, Band 5
Taschenbuch ISBN: 978-3-95573-622-4
eBook ISBN: 978-3-95573-623-1

»Friesenstalker«, Band 6
Taschenbuch ISBN: 978-3-95573-688-0
eBook ISBN: 978-3-95573-701-6

»Friesenjuwel«, Band 7
Taschenbuch ISBN: 978-3-95573-764-1
eBook ISBN: 978-3-95573-765-8

»Friesenwrack«, Band 8
Taschenbuch ISBN: 978-3-95573-796-2
eBook ISBN: 978-3-95573-797-9

»Friesenbarbier«, Band 9
Taschenbuch ISBN: 978-3-95573-833-4
eBook ISBN: 978-3-95573-832-7

»Friesenstrand«, Band 10
Taschenbuch ISBN: 978-3-95573-875-4
eBook ISBN: 978-3-95573-876-1

»Friesenlist«, Band 11
Taschenbuch ISBN: 978-3-95573-934-8
eBook ISBN: 978-3-95573-935-5

»Friesenblues«, Band 12
Taschenbuch ISBN: 978-3-95573-954-6
eBook ISBN: 978-3-95573-955-3

Klarant Verlag

Lernen Sie die Ostfrieslandkrimi-Titel des Klarant Verlages kennen und besuchen Sie uns im Internet unter:

www.ostfrieslandkrimi.de

und

www.klarant.de

Sie können dort Näheres über unsere Autoren erfahren, viele weitere interessante Bücher und eBooks finden und Leseproben herunterladen. Mit dem kostenlosen Newsletter auf

www.ostfrieslandkrimi-lesen.de

erhalten Sie aktuelle Informationen rund um das Verlagsprogramm, wie beispielsweise spannende Neuerscheinungen und Gewinnspiele.